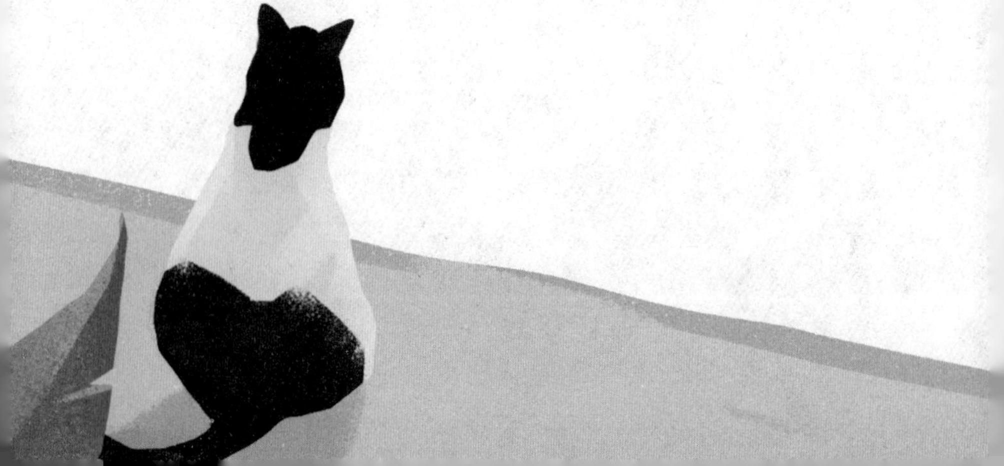

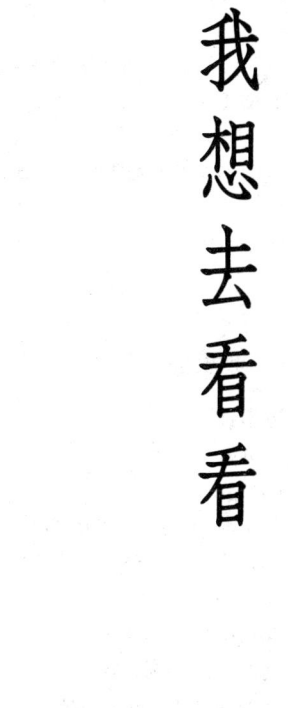

冰雪莲 / 编撰

世界那么大，
我想去看看

北京燕山出版社
BEIJING YANSHAN PRESS

图书在版编目（CIP）数据

世界那么大，我想去看看 / 冰雪莲编撰 . — 北京：北京燕山出版社 , 2023.4
　ISBN 978-7-5402-6559-5

Ⅰ . ①世… Ⅱ . ①冰… Ⅲ . ①随笔 – 作品集 – 中国 – 当代 Ⅳ . ① I267.1

中国版本图书馆 CIP 数据核字（2022）第 084149 号

世界那么大，我想去看看

编　　撰	冰雪莲
责任编辑	涂苏婷
封面设计	韩　立
出版发行	北京燕山出版社有限公司
社　　址	北京市西城区椿树街道琉璃厂西街 20 号
邮　　编	100052
电话传真	86-10-65240430（总编室）
印　　刷	河北松源印刷有限公司
开　　本	880mm×1230mm　1/32
字　　数	150 千字
印　　张	7.5
版　　次	2023 年 4 月第 1 版
印　　次	2023 年 4 月第 1 次印刷
定　　价	38.00 元

发 行 部　010-58815874
传　　真　010-58815857

如果发现印装质量问题，影响阅读，请与印刷厂联系调换。

作者言

外表张牙舞爪,内心吹弹可破,对,说的就是你。

曾经我也是你们中的一员。

青春之苦,无非是求不得,求不得,求不得。

我吃过不少这样的苦,想要曼妙的身材却无奈看见食物两眼发光,时常芳心暗许却跟男神混得比"哥们"还铁,总爱闷头做白日梦却犯着万恶的拖延症……

一天接到电话:

"姐,你猜我在哪儿?意大利的加尔达湖啊!"

"什么鬼?"

"就是我们打赌这辈子一定要去的地方啊!"

"哦,你还真的去了……"

来电话的是大学宿舍"小不点儿"妹子,我曾倚马千言对加尔达湖的美景大加赞叹,却被这家伙捷足先登,久未重现的羞愧感扑面而来，一下子将我劈得外焦里嫩。

也就从那时开始，我废掉了存在电脑好几年、几个 G 的旅游攻略，没有任何准备就出发了。

这几年走过二十多个国家，荷包并没有更满，艳遇并没有更多，工作也并没有变少。但或许做着想做的事，连熬夜写东西都甘之如饴。

我不抱私心地写下这些心口不一的过往和不药而愈的现在，摩拳擦掌地期待你灵光闪现的一刻，愿世间所有美梦都不会落空。

目录 CONTENTS

1 永远和更美好的事物在一起 ... 1

2 梦想还是要有的，万一实现了呢 ... 8

3 把日子尝遍，把风景看透 ... 14

4 我们都会成为更好的自己 ... 19

5 青春是岁月闪耀的色彩 ... 27

6 愿赌服输，莫道遗憾 ... 32

7 光芒是用来绽放的 ... 39

8 朝着大海的方向，奔跑 ... 48

9 迷茫本就是青春该有的样子 ... 57

10 与自己的软弱握手言和 ... 66

11 不必缺席被世界亏待的日子 ... 73

12 盛装，等待一场日出或日落 ... 79

13 只有"自己"能对幸福负责 ... 85

14 "人生若无悔，该有多无趣" ... 91

15 每一步好坏都由你决定 ... 97

16 路长，不过34码的脚步 ... 103

17 遵从内心，往前走 ... 108

18 丑小鸭也能发出自己的声音 ... 114

19 和时光奔向想要去的地方 ... 118

20 是什么留住了你的脚步 ... 124

21 天涯海角，谁在守望 ... 132

22 自我设限的人生，何谈精彩 ... 137

23 趁活着，去做一切放肆的事 ... 142

24 这温柔的时光里，有我存在 ... 150

25 荆棘满布，也要义无反顾 ... 157

26 让阳光照进灰暗现实 ... 164

27 来过，活过，爱过 ... 171

28 在世界各地迷失方向,然后找回自己 ... 178

29 没有人能推翻一个不死的梦想 ... 184

30 未来的不可能,何必说给现在听 ... 190

31 承载着旧时光,停靠在记忆深处 ... 196

32 走过的每段路,都在雕刻远方 ... 202

33 北方的大雪已落,那是最简单的理想 ... 209

34 早上五点,是结束也是开始 ... 214

35 不安的青春,单纯的诗意 ... 220

36 有些路,只能一个人走 ... 225

1 永远和更美好的事物在一起

那天，无意间翻到卡梅隆的人生履历。

此前我对这位好莱坞大导演的印象仅仅停留于他拍出了当时世界票房最高的电影《泰坦尼克号》，后来又拍出《阿凡达》，刷新自己创下的票房纪录，总而言之，是一位很成功的商业导演。

翻完他的履历才知道，原来他还是单人抵达深海极限（马里亚纳海沟水下近1.1万米）的第一人。

这位疯狂的探险爱好者，曾经花20年时间研究泰坦尼克号，是世界上首次使用机器人进入海底沉船遗骸内部进行拍摄的人，他拍的探险纪录片，都是以自己的真实探险经历为题材。

而作为电影人，他革新了水下特技，为3D技术带来历史性突破，数次打破世界电影成本纪录，又数次打破世界电影票房纪录。

这是一场时刻都在"折腾"的人生。

"如果你总是担心，而不迈出那一步，那么，你什么都不会得到。"

从他嘴里说出来的这句话，完全是他人生的写照。他永远都在"迈出那一步"，不仅事业，感情和婚姻也是如此，他活得永远像一个孩子气的老顽童。

有人说，他的生命永远是抵押出去的，抵押给梦想，抵押给冒险，抵押给世界上最美好的事物，抵押给好奇心和对世界孜孜不倦的探索，最后，抵押给他所爱的妻子和儿女。

很喜欢"抵押"这个词。

热血漫画《海贼王》里的主角路飞出海冒险时，别人问他："你不怕死吗？死了就什么都没了啊。"路飞说："我有我的野心，有我想做的事，无论怎么样我都会去做，哪怕为此死去也不要紧。"

他说："没有赌命的决心就无法开创未来。"

我们活在这世上，何尝不是一场冒险，何尝不是在赌命，在把自己的性命"抵押"出去，才能换来上天许诺的点滴收获。

把生死抵押出去，才能换一场人生；

把时间和努力抵押出去，才可实现一个梦想；

把爱抵押出去，换来另一份爱；

把苦难抵押出去，换未来的美好；

把恐惧抵押出去，换来波澜壮阔的冒险；

……

何不倒掉温情脉脉的鸡汤，把人生形容成一场残酷的冒险？告诉自己，假如只是坐在那里，什么都不想失去，什么也不"抵押"，就会坐在原地，让所有的梦想烂在腹中。

在咖啡馆闲坐时，隔壁桌一对情侣，互相拿着小叉子给对方喂提拉米苏吃，你一口我一口，甜甜蜜蜜。

女的忽然问："你的理想是什么呀？"

男的答:"养你呀。"

听了这个不知从哪儿学来的标准答案,女的假装生气:"我才不要你养。"

"可是我想养你。"

这当然只是情侣间的情话戏言,却让一旁的我想起在英国留学的堂姐。

在去英国之前,堂姐也有一个爱得如胶似漆的男友。

如今她一个人在英国,单身。每天上课、打工,和朋友一起泡吧,来年就要毕业,打算在那边找工作。

有时在线上聊天,她都只谈课业、未来的计划,英国的天气,绝口不提爱情。

得知她决定去英国留学时,男友很崩溃,哭着求她不要离开他。一开始,面对他的挽留,堂姐很感动,内心也很动摇,直到男友说出那句话:"你不用那么辛苦去国外念书啊,以后我养你就行了。"

男友家境相当好,说要养她,自然不是说说而已。

但堂姐愣了半响,才说:"你知道我的梦想是……"

男友打断他:"有我的爱还不够了吗?我说了我养你啊。我一定会爱你一辈子的。"

堂姐沉默许久:"我曾经和你说过我的梦想,可是你不记得了,对吗?"

男友真的不记得了。或许在他眼里,女人的梦想并不重要。

堂姐的梦想是成为一名国际记者,为此才选择去传媒业发达的英国学习。可是他却说他养她。他们的交谈根本就是两条平行线。

原本火热的爱一下子冷却下来,她很干脆地和男友分了手。

或许再也不会遇到像他那样细心温柔痴情的男人了,或许从此会变成只拼事业的"缺爱"的女人,可是,她并不需要一个不懂得她的人在身边嘘寒问暖,那样暖巢也会变成她人生的牢笼。

很多天后,我看到堂姐在她的社交软件上写下这样一句话:

"或许别人觉得爱情美好,但我觉得梦想更美好;或许别人需要房子,需要婚姻,金钱,稳定的生活带给她安全感,但我觉得梦想给予的安全感更大。"

所以她的选择是:放弃自以为美好的爱情,和真实的梦想在一起。

前两天,参加一个聚餐。席间有人感叹"北漂"之苦,为了梦想来到这座城市,远离家人,忍耐寂寞,挤着地铁,吃着煎饼,辛苦拼搏,如今梦想成了碎梦,不知何时才能成真,而家乡的 TA 早已结婚生子,幸福生活……

此言一出，附和者众多。在座数人，除了一两个北京"土著"，其余皆是"北漂"，尽管多数是事业小成，房子已经付完首付的"北漂"，但说起漂泊之苦，都是各有各的心酸，一时间唏嘘慨叹声此起彼伏。

这时，有人冷笑一声，"又想陪父母，又想好好结婚生子过安逸日子，又想实现梦想，事业名利双收，你们以为自己在演哆啦A梦剧场版吗？"

一句话，犀利得让所有人无言以对。

接下来的聚餐，再也无人提起这个话题。

后来我和这位语出惊人的哥们儿又有过一些工作上的来往。

一日谈毕工作，聊起当日的事。

他不好意思地说："当时我说话冲了点，但我的确很不喜欢听人诉苦。人不可能什么都要，这是一个很简单的道理。难道你不觉得，感叹漂泊很苦，这本身就透露出一种不自信吗？漂有什么不好？比如我，我的梦想是做出一家很牛的上市公司，那我就得把自己抛离安全的轨道，就得漂着，漂着我才能强大啊。你要真给我舒适安稳的日子过着，我还担心我的拼劲会被消磨没了。"

"选择了就要认，否则不要选。"最后他总结道。

的确如此。

我们都不是大雄，都没有哆啦A梦，所以不能任性。把自己抵押给梦想和冒险，就不能再同时抵押给安逸现实。

但勇敢、自由、梦想、努力、志同道合的伙伴，难道不是人生最美好的事物？我们都是为了和这些更美好的事物在一起，才做出了最好的选择，像韩寒说的那样："和你喜欢的一切在一起。"

这是一个简单的道理：当你已经和人生里许多美好的事物在一起，那么对于已经押出去的筹码，就不必再扼腕叹息。

2 梦想还是要有的，万一实现了呢

纯爱少女漫画《好想告诉你》中的女主角黑沼爽子，刚出场时，是一个气质酷似《午夜凶铃》的贞子，在班级里被孤立的，人见人怕的女孩。但乍看气质阴郁的她，其实是个相当乐观开朗的孩子，即使被所有人忽视，嫌弃，也永远告诉自己，下次再努力。

她的座右铭是"日行一善"，梦想是变成一个爽朗的人，交到很多朋友，就像她憧憬的男孩那样。

她每天做的善行都相当可爱。

黑板每天是她在擦；花坛里的花，每天都是她放学后去照看；放暑假了，老师需要学生帮忙，没有人愿意举手，她怯怯地举手，此后每天顶着酷暑去学校；用心把笔记记得很详细，主动借给大家看；因为大家都叫她贞子，为了满足期待，她去图书馆借怪谈书，背下里面的恐怖故事，有机会就给人讲；夏季试胆大会，为了让所有人玩得尽兴，她一个人披散着头发穿着白色连衣裙躲在漆黑的树林里，等着同学经过时出来吓人；上学路上看到一只被遗弃的狗狗在淋雨，会把伞借给它，结果自己淋成落汤鸡……

沉默、温暖、可爱的日行一善，终于被所有人看在眼里，终于一点点融化了误解，消泯了界限，让她实现了交很多朋友的梦想。

变得爽朗，交到朋友，对大多数人来说，这几乎不能称之为梦想。

但梦想又何必分大小。

只要真挚，即使只是一个交朋友的梦想，也能让一个15岁的少女在青春的眼泪和笑容里蜕变出更好的自己。

只要真挚，日行一善的梦想和做一件伟大善事的梦想，也并没有区别。

住过大学附近一个小区，小区是老楼，老人多。每天出门去上班，总能遇到遛狗散步的老头老太太。一次经常出入的西门翻修，我只好绕路去北门，路过一栋楼，发现一楼的院子里有好几只猫，我是个爱猫成痴的人，当然要停下来逗一逗，拍几张照留念。

这时一个老太太端着好几个猫饭盆出来，呼啦一下，不知从哪里钻出来一大群猫，围过来喵喵直叫，我数了数，居然有二十多只。

和老太太聊过才知道，那都是她从不同地方捡来的野猫。有的母猫刚生下小猫，缺少食物养不活，被她收留，有的是从领养机构抱回来的，还有的是被主人抛弃的宠物猫，奄奄一息躺在路边被她捡了回来……

她一只只和我历数那些猫的来历，听得我鼻子发酸。

老太太没有儿女，养了一辈子猫，救活的野猫，收留的弃猫，数都数不过来，那些猫就是她的儿女。

曾经在旅途中遇到一个女孩，她告诉我，她是一个超级动物迷，素食者，坚定的动物保护主义者，同时还是一位刚刚起步的创业者，梦想是有一天在世界各地建立动物保护基金，运营全球性的动物保护组织，用自己的力量和影响力去左右全世界面对动物的态度，保护动物们的生存环境。

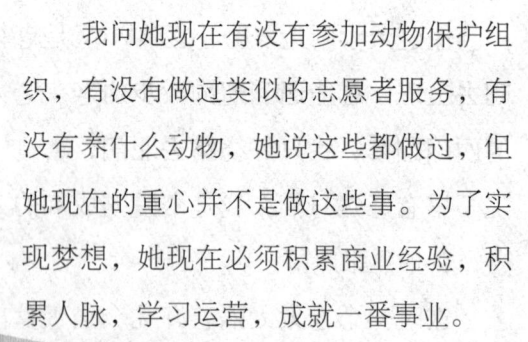

我问她现在有没有参加动物保护组织，有没有做过类似的志愿者服务，有没有养什么动物，她说这些都做过，但她现在的重心并不是做这些事。为了实现梦想，她现在必须积累商业经验，积累人脉，学习运营，成就一番事业。

"城市救助站在救他们看到的每一只动物,领养组织在保护他们能够保护的每一只动物,爱护动物的人在抗议,在行动,每个人都在做着力所能及的事,而我力所能及的事,是利用我的能力和野心,做更大的事。"

现在,她创办的公司刚刚起步,她为自己留出了 15 年的时间,制定了 15 年的计划,意气风发,干劲满满。

无论是收养自己能力所及的每一只野猫,还是致力于在 15 年之后构建一个更好的动物生存环境,都让我为之动容。

梦想真的无关大小,只要你有,只要你为此去行动。

无论何时,都尽力去滋养你的梦想,总有一天,它会反哺你的人生。

去深圳出差,在客户的公司遇见一位 20 多岁的年轻助理,她说她的梦想是在 30 岁那年退休。我被这个奇葩的梦想惊艳到,连忙问她打算怎么实现。

她告诉我,从大学开始到现在,她做过的工作不下 50 份,当然大部分都是兼职。目前她收入的来源分别是:升职空间很大的全职工作,写书的版税,兼职广告策划,股票,基金,以及她从大学经营至今的网店。说要"退休",其实只是辞去全职工作,其余的收入并不会受影响。

"如果不是这几年不断尝试,我大概永远都不会知道原来我擅长的事情这么多,原来这么多途径可以赚钱。"

"不辛苦吗?"我问她。

"当然辛苦。大学那会儿,一天三份兼职,算是常态,还要抽出时间念书,研究股票基金。网店早就雇了其他人在管理,我一个人肯定忙不过来。每天的时间都挤得特别满,所以也觉得特别充实。"

如果是这样的话,退不退休都没有区别吧?我问她"退休"之后想做什么。

她笑了,"第一件事当然是环游世界。退休之前我是努力赚钱,退休之后,我想尝试去做更多不那么赚钱的事,去更多的地方,接触更多的人,然后在这期间,只要顺便赚钱就好了。"

你会觉得这个30岁就想"退休"的女孩懒惰没有志向吗?我想不会。因为她30岁之前的人生履历,已经足够精彩。

她将自己的才能、时间、体力、精力、头脑、智慧完全利用起来,去实现那个多少有些奇葩的梦想,然后她真的可以过上梦想中的生活:赚够了钱,就去环游世界;旅行够了,就去做其他的事情,世界这么大,可以做的事情这么多,我相信她 30 岁之后的人生,会更加精彩。

等到老去的那一天,她坐在阳光下回忆一生。所有的片段就像烟火划过夜空,华丽璀璨,哪怕最终的结局是消逝,也已尽情绽放过,没有任何遗憾。

小时候我们诉说梦想,总是遥远到伸手不及,却在眼睛里熠熠生辉。那时,我们都期待自己长成更好的大人。

长大后再谈梦想,才知道有太多的人,已在追梦的半路失去踪迹。

宫崎骏《千与千寻》里有一句话:很多事情不能自己掌控,即使再孤单再寂寞,仍要继续走下去,不许停也不能回头。

用来谈论人生和梦想,刚刚好。

不许停,不许回头,要一直走下去。

走下去,才会看见光亮。

3 把日子尝遍，把风景看透

记得有人说，一个人对待爱情的态度，对待诗的态度，对待音乐的态度，就是他对待人生的态度。

深以为然。

谁都期盼人生有一个细水长流的结局。只是，很多人都忘了，在细水长流之前，要把风景看透。

爱情如此，人生也是如此。网上曾有人问，两个人一个在北京一个在丽江，一个年薪十万买不起房，朝九晚五，每天挤公交地铁，呼吸汽车尾气，挤破脑袋想出人头地。一个无固定收入，住湖边一个破旧四合院，每天睡到自然醒，以摄影为生，没事喝茶晒太阳，看雪山浮云。一个说对方不求上进，一个说对方不懂生活。两种生活方式，你怎么选？

自然是众说纷纭。

有人说年轻人还是应该去大城市闯荡，有人说自己身在大城市，却觉得闯荡来闯荡去无非平庸到老，因此对后一种生活方式羡慕得要命，有人则异想天开，说如果北京的收入机遇和丽江的环境兼得就好了。

有人则说的无比狠绝：等几十年后，看着这俩人一个儿孙绕膝，领着养老金享受医保在舒适的房子吹空调，一个三餐不继，衣不蔽体，浑身病痛地流浪到死，你们就知道哪种生活方式更好了。

这自然是戏言，但假如你既想要出人头地的未来，又想要安逸闲适的生活，世间恐怕没有这么便利的选项。

不同的生活方式，并无优劣，纯粹只是个人的选择。关键是，要安于自己的选择。选了眼前的这一种，就不要艳羡那些生活在别处的人。

忙碌辛苦的日子并不如你想得那样糟糕，熬夜熬出一个漂亮的方案，赢过大公司比稿的时候，升职加薪的时候，能力被认可，在合适的位置上施展才华的时候，难道你不会充满成就感和满足感？

闲适的生活也并不如你想象中理想，破旧四合院夏天蚊子肆虐，冬天四面漏风，收入不稳定，未来一片迷茫，在羡慕之前，不妨问问自己，你真的能够在年纪轻轻的时候忍受这一切，真的能够在不知前路如何的情况下拥有喝茶晒太阳，看雪山浮云的逍遥心境？

如果你能够做到，那也不失为一个幸福之人。

如果你还不能做到，那就请拿出十二分的诚意，认认真真为自己和梦想打拼。

从上大学开始到现在，家里的近邻远亲，总有一些比我年纪小的弟弟妹妹们在网上问我，怎么学习才能考高分，考上好大学？学什么专业比较好？大学要怎么度过，才能对将来有益？怎样找到高薪的、有前途的工作？我不知道问这些

问题的弟弟妹妹们，是心血来潮，随口一问，还是真的希望我能够给出标准的答案，好让他们一步一步照做。我只知道，他们并不是想知道学习方法，工作方法，而只是想听一听前辈的经验教训，好让自己少走弯路罢了。

问来问去，其实他们大概是想知道，怎样才能不需要拼命学习也能够考高分？如何能够在不必承担过分压力，不必太过努力的前提下拿到高薪？有没有一种生活是每天吃喝玩乐，然后还有时间给自己充电？有没有可能我什么都不做，听一听前辈的话，就能够坐在电脑前找到自己未来的方向？会不会我问更多的人，得到更多别人的答案，就能够知道我自己适合做什么样的工作，适合走一条什么样的人生路？

我每每感到悲哀，为什么要在人生最该挥霍放肆的青春年华里，谨小慎微得像一个老人？为什么在尚且一无所有的时候，就一副输不起的模样？为什么不明白这样一个简单的道理：出人头地的未来和安逸闲适的生活，好比鱼与熊掌，不可兼得。

从小到大，我的身边都没有比我大的哥哥姐姐。如今想来，这或许是一件幸事。因为没有榜样，没有指引，所以走过许多弯路，领受过许多失败，但所有的体验，都是我的亲身体验，所有的路，都是新的，都由自己亲自走过了，切身地知道对错好坏，所有的未来，都由自己开创——在这样莽撞无谋的路上，我才得以一点点看清了自己。

　　这世上并没有一条捷径，让你踏上去，就有光明未来。
　　不经历错的人，就遇不到对的人。
　　不曾跋涉过艰苦旅程，就看不到梦想对你绽放的甜美笑容。
　　不将命运的百般滋味一一领受遍了，你就不知道平淡是怎样的美妙滋味。
　　有时我们都像那个鱼和熊掌想要兼得的蠢笨之人，只看到万事万物的光鲜表象，妄想着一劳永逸。
　　但更多时候，要记得踩在坚实大地上，埋头于眼前的琐碎苟且，心平气和等待云开雾散后的未来。

4 我们都会成为更好的自己

亲爱的旧友:

你还好吗?

看到这句话,我知道你可能又要皱眉撇嘴了。

你从来都讨厌寒暄客套,有时和熟人在路上遇到,熟人寒暄几句,问你去哪儿,吃饭没,最近好不好,你都会像傻瓜一样站在路边,认认真真思考你打算去哪儿,是刚吃过早饭还是午饭,最近到底是活得好还是不好。

其实你也知道,别人只是随口一问罢了。

你一直是一个认真过头的女孩子,思考的时候永远眉头紧拧,好像这场人生是一个解不开的难题。这样的你,当然把握不好寒暄客套的度,也不知道如何恰当地应对,所以你对此讨厌极了。你问我,人们为什么要浪费生命来说这些客套话?

后来你听人说,芬兰人私人空间大得出奇,他们从来不寒暄，当他们问别人最近好不好时，那是在期待真诚而有分量的回答，而不是随口一问，实际上并不关心你到底好还是不好。

你开心极了，特意说给我听，感叹说这真是个理想的国度，并说以后你想去那里终老一生。我很不识相地给你泼冷水：芬兰的冬天，早上刚起床，天就快黑了，在那里呆久了很容易抑郁，而且那里剪头发贵得要命，你这么爱美的人，天天都要去美发店做保养的话，很快就会破产的。

你当然知道我是故意在损你，所以你并不介意。在我们相识的日子里，我们的关系一直都是这样的"损友"。

所以，我怎么会和你客套寒暄呢？那句"你还好吗"，真的是我在和你分别这么多年后，最想问的一句话。

那个时候我们多年轻啊，脸上的痘痘刚刚冒出来，一颗又一颗，总也不平息，看着隔壁班班花吹弹可破的皮肤，觉得自己像只丑小鸭。我们把刘海留长，遮住额头，弓着背低着头走路，我们其实是很爱美的，却爱美到自惭形秽的地步。

但如今回想起来，竟觉得那些痘痘也是美好的，一颗颗饱满清新，像清晨雨露的新鲜气息，像我们刚刚绽开的青春放肆的气息。

未来那么远，那么长，仿佛永远都不会到来，也永远都不会结束。

唯有青春，灼灼盛放。

我们一起上学放学，一起读书自习泡图书馆，一起去跑步，一起逛街，偷偷买化妆品学化妆，互相毒舌点评对方喜欢的男生，互相陪对方去看偶像的演唱会，甚至还曾经一起离家出走，在大街上夜游好几个小时之后，因为实在太害怕，最后只好灰溜溜地各自回家。

我记得那时我生病请假，从不爱记笔记的你，居然认认真真做了好几天的笔记，递给我时，还故意装出一副不耐烦的表情；我被老师叫到走廊上说教那次，你在老师身后冲我做鬼脸，逗我开心，后来被老师发现，也一起挨了骂；我喜欢的男生交了女朋友时，你陪着我一起骂他，说他没眼光，诅咒他们早点分手，甚至还在给楼下花坛浇水时，故意手一滑，浇了他俩一身。

现在，还有谁会陪我做那么多事，还有谁会为我做那么多事呢？

我们都长成了更忙碌、更自私、更焦躁、更不耐烦的大人。

不对，从更早的时候开始，我就已经是忙碌、自私、焦躁、不耐烦的大人了。

知道两个人考上同一所大学的时候，我们多开心啊，热死人的天气里，我们跑出去买最喜欢的冰淇淋，各自举着，像喝酒一样碰杯。

我们都以为能够一直一直在一起，直到当上彼此孩子的干妈，直到有一天老了，还能手挽手一起去逛街。

谁知道只是专业不一样，只是各自的交际圈不一样，就那么轻易地疏远了呢？在食堂里偶遇时，我连你什么时候爱上吃番茄鸡蛋都不知道，因为你以前完全不碰番茄的啊。

当然不能怪你，因为我的大学四年真是忙得不可开交，学生会，校报，打工，修双学位，实习，找工作，还抽时间谈了场恋爱，唯独没有时间和你联系，交谈，哪怕只是在校内网上留个言。

回过头来，才知道我们已经像小说里讲的："那些以前说着永不分离的人，早已经散落在天涯了。"

还记得吗？那是我们一起读过的小说。

现在，我在大城市安家，买了车，房子刚刚付了首付，和男朋友开始谈婚论嫁，在一家不错的跨国企业，有一份不错的工作，未来看起来充满希望。我却总是忍不住回望过去，回望和你一起度过的青春，所有的细节都在回忆里越来越清晰，我不知道自己错失了什么，但我知道，我很想念你。

直到最近，我才得知你的大学四年过得相当不顺，父亲生病，学业荒废了半年；为了就近照顾父母，不能离开家乡，找工作很艰难，就连恋爱都不顺。你过得那么灰暗，我却不在你身边，连一点关心你的念头都没有，有时想起来要联系你，又觉得你大概已经交上了新的朋友，有了新的爱好和圈子。明明是自己害怕面对你无话可说，却给自己找一个不太高明的借口，说服自己不要去打扰你。

此时的我，仍然不敢直接去找你，只敢给你从前的邮箱发了这样一封信。

心里盼着你还在用这个邮箱，却也盼着你永远也不会看到了。

很狡猾，对吧？

这么多年过去了，我也只能说一句：对不起。

只能问一句：你还好吗？

我的回信

亲爱的朋友：

我很好。

真的很好。

你知道我不喜欢寒暄，不喜欢说客气话，也不会在别人问"How are you"时，不走脑子随口答一句"Fine, Thank you, And you?"

所以，我是真的在认真思考过后，才回答你，我真的很好。

是啊，这么多年过去了。

足以改变一切了。

科学家说，人身上的细胞7年会全部更新一遍。所以是不是可以理解为，每过7年，我们都会新生一遍？

你看，我现在已经新生了。

父亲的病早就好了，他现在健康得很。我荒废的学业在大四之前补上了，顺顺利利毕了业。刚毕业，我依靠熟人关系在家乡找到一份薪资还不错，但和我的专业完全无关的工作，做得很不开心，看不到未来。但现在，我已经去了另一个城市，找到一个适合自己的职业舞台，发展得还不错，买了房子，把父母也接过来了。就连当初不顺的恋爱，今天也重生了，变得更好的我，已经遇到了更好的人。

大学四年，的确是我人生里最灰暗的时期。那时，你就在离我不远的地方,我却好似孤身一人,艰难跋涉。所以,你为此自责、悔恨。

但实际上,你根本不用自责,因为当时我的身边还有其他人在,我新交的朋友,宿舍的姐妹,甚至系里比我大不了几岁的年轻辅导员,都对我很好很好,他们帮助我,鼓励我,为我加油打气,陪伴我,温暖我,和我一起度过那段难过的日子。

我说我是孤身一人,艰难跋涉,是因为即使再多的人在我身边,我也只能独自面对人生。你,我,我们所有人,都是这样的。你有你的泥沼。我有我的泥沼。我们都是在生活的泥沼里仰望蓝天,一步步接近更好的未来,不是吗?

所以,你何必自责呢?

不如我也用一句小说里的话回答你吧,我们那时一起读过的话:"假如有一天我们不在一起了,也要像在一起一样。"

你的信里,提到我对你的好。但你知道吗?其实你对我更好。

那时我生病,爸妈都去上班了,只剩我一个人在家,你居然逃了课,专门来陪我,给我熬粥,为我做冰袋放在额头上降温;我和男生打架被教导主任抓包的那次,你身为学生会干部,为我挺身而出,说打架的人也有你在内,你愿意和我一起挨罚,最终逼得教导主任不了了之;我喜欢的男生拒绝我的表白时，你也陪我一起骂他没眼光，诅咒他以后都交不到女朋友，身为乖学生的你甚至利用学生会的职务之便，说服老师，把他从演讲比赛的名单上划了下来。

后来你说那是你做过的最龌龊的事，不愿再提起，我却一直都记得，因为你那是为了我啊。

你看，我们记得的，一直都是彼此的好。

这样多好。

我们曾经共有过最美好的青春，此后的疏远，不过是缘分、命运，或者说时机使然。你我都无能为力。

每一种青春最后都会苍老，只是我希望记忆里的你一直都好。

这是我一直喜欢的一句话。

送给你。

也送给我自己。

5 青春是岁月闪耀的色彩

我们离开家乡,从一段情感中生生剥离,去跋涉,去挑战,去尝试,去重新开始。这一切并不是谁非逼着你走不可。

没有人逼你到北上广去住十平米不到的出租屋,没有人逼你必须熬夜工作,没有人逼你必须去和难打交道的客户沟通,没有人逼你一天必须工作十六七个小时。

也没有人逼着你非离开熟悉的故乡,离开父母身边,离开安逸的生活。

其实谁不想在家乡,陪着父母老去,谁不想可以在熟悉的故乡和认识了十年的老朋友时常聚聚,谁不想待在老家,可以有一所属于自己的房子,未必面朝大海,但总能容下一个三口之家,弥漫饭香。

但我们依然把故乡和过去一起背在背上,带着梦想独自启程。

因为我们不想在二十岁的时候就过上八十岁的生活,因为我们相信梦想必须在更大的地方才能绽放得绚烂,无论生活多么不公多么残酷,努力奋斗依然是离开狭隘和偏见的唯一途径,每一种艰难的工作都有可能是通向梦想的天堂。

所以,我们自愿选择看似崎岖的道路。

闺密的男朋友T君是一个创业者。大学的时候他参加全市的科技创新大赛,拿了一等奖,是别人眼中的天才,再加上身材样貌不错,一时无两。毕业后,这个天之骄子原本有机会进国内最好的互联网公司,拿令人艳羡的薪酬。可是他拒绝了这个极好的机会,背着他自己的产品到深圳。

原本可以在北京的写字楼里吹着空调当经理的他,背着包在深圳华强北闷热的大楼里当推销员。一连跑了一个多月没有人看好他的东西,好不容易有人看中却被对手背后下手抢了单,好不容易没有人抢单,因为产品的服务出了问题,他被客户指着鼻子骂成骗子。天之骄子一下子落入了凡尘,尊严粉碎了一地。

遇到这样的事,耐得住性子坚持的就能挺去过,耐不住的就永远是个路人甲。

有一次跟闺密和 T 君小聚,聊天说起这段,他的语气平淡得就好像在说别人的事,他说自己打心眼里还是觉得自己是个做开发做产品的人,不想把自己的东西让给其他人,所以才拒绝当时的那份工作,可是自己万万没有想到,现实会让自己即当销售又当售后,这真不是自己想干的活。但最终一切还是稳定下来,成了自己想成为的人。

现在他不仅自己做项目,也投资项目,那些经验和眼光都是售前售后一起做的时候积累的。

面对工作,有时候我们很难说喜欢与不喜欢,就像我们很难说清离开家乡漂在外面的感觉是喜是悲,但我们总在这样的生活中一天天清醒,终有一天豁然开朗。所以,我们一直对自己说,没事,无论这生活的深潭里埋着什么,潜得久了就知道有没自己想要的东西,摸索得长了就知道这生活是不是我们心之所向,哪怕抓到满手淤泥,也是下一次前进的线索。

又或许,我们的所有热血都在现实的汪洋里冷却,如一场热闹的宴席终于走向平淡，可是那又如何呢？哪怕我们所有的尝试都终将败北，但那曾经波澜壮阔的青春总可以在我们老的时候变成故事来讲。

所以，不要问自己前面有什么，不要问自己会得到什么，先问问自己愿不愿意去试，敢不敢跳进生活这片不甚清澈的深潭。

我的大学室友中有一个姑娘来自东北，我还记得她一开口时那股浓重东北"大碴子"味儿。她的名言是必须趁年轻的时候多看看世界，多体验人生。因此毕业时，她没有像我们一样忙着考研和找工作，她拿了两万块钱潇洒地周游世界去了。我不知道她的具体行程，只是从她发在社交网络上的照片和状态了解她到过哪里。

她曾去过丹麦，那里极少有人说英语，这意味着她在那里连语言都要从头开始学，而她在那里待了一个月，社交网络的状态里总是她今天遇到的奇异的单词和因为语言出错而出的糗，尴尬又开心。她还说丹麦人用长得像塔一样的小锅煮吃的，真是难吃，十分想念北京的涮羊肉。

她在阿拉斯加见过此生所见最大的三文鱼，在瀑布见过它们跳跃着不顾一切洄游产卵，她说见过这些后，觉得自己受的所有苦都值得。

我知道，那时候和她恋爱了三年的男朋友终于还是没有耐心等待她回来，和一个女同事结婚了。那个男人在结婚那天才用微信告诉她不再等了。我不知道她是不是哭了，那天她传的照片只有三文鱼。

她在国外的日子里，我们总是聊到她，说她真是天真啊，真是冲动啊，真是不顾现实啊。也有人说，她的家境也许能让她有冲动和不现实的资本。

我不知道她的父母做什么工作，但我知道她出国的两万块钱来自四年大学的省吃俭用和兼职打工，我知道她是宿舍里唯一一个不用手机还用公共电话往家打电话的人。

就算她家里真的富得流油又怎样？她不也是一个人，走到了我们没有走到的地方，迈开了我们没敢迈出的脚步吗？

当她一个人身在异乡被爱了三年的男人放弃的时候，不也是一个人撑了过来，情绪自己一个人尝吗？所以，就算全天下人都不理解你的决定也没有关系，你经历了一切，就总有一天会用和别人不一样的状态去面对一样的生活。

人当时可以是输得起的，上天本来就没有规定付出与收获之间必须有固定的比例，大不了重新再来一次，反正你不去试也什么都没有，因此试了失败了也没有什么可以失去。

6 愿赌服输，莫道遗憾

他在演艺圈并不红，但口碑极好，算是很有名的演技派。

早些年，他其实是红过的。那时他还是初出茅庐的演员，一次偶然的机会，被邀请出演一部爱情剧的男二号，这部电视剧播出后，意外火了，他也因此而走红，接到不少活动和片约。

就在演艺事业正要步入佳境之时，他做出惊人决定：暂时辞别演艺圈，孤身前往国外读表演学校。

全部积蓄都投入到学费上，断了收入来源的他为了赚取生活费，开始在课余时间四处寻找打工机会。餐厅，搬家公司，便利店，加油站……几乎全都涉足过。

等到学成归国，他才知道那部电视剧拍了好几部续集，男二号换了人，照样被捧红。而他如今被人淡忘，连份拍戏的工作都难找。

朋友都说他傻，此前放着大好机会不利用，偏偏跑大老远去学表演。这下可好，赔了夫人又折兵。

他只是笑一笑，并不反驳。他心里清楚得很：离开就会被淡忘的走红，并不值得留恋，从一开始，他就不想当一个只有脸好看的偶像。

那段时间，他没有片约，只是每天默默去剧场排练。

剧场的新话剧，他担纲主演。那还是他在国外表演学校时接到的角色。当时一位在国内还算出名的话剧导演去学校参加一个活动，他主动找导演攀谈，两人相谈甚欢，导演当时正好有意启用新人，他几乎是顺手就接演了导演下一部话剧的男主角。

一部小众的话剧当然不能让他受到瞩目，却在他的表演履历里留下了重要一笔。此后，开始有导演找他拍文艺电影，有编剧点名他出演某个高难度的角色。他的片约仍然不多，他仍然不怎么红，却已在属于他的领域静静散发光芒。当年那个爱情剧里的奶油小生，如今已经变成一个成熟的男人，味道十足的演技派。

后来，他在一次采访中被问道：对自己的选择，有没有后悔过？

他很干脆地回答：没有。

记者不肯罢休：可是，当初如果你不出国学表演，没有

耽误那几年，现在很可能已经是大明星了。

他笑了，我不适合做大明星，我只想做一个演员。

说完，他提起一件事。

其实他之所以选择去国外念表演学校，是因为那个国家有他最崇拜的演员。入学后，他曾经提笔给那位演员写了一封很长的信，叙述自己的经历、想法、梦想，以及对他的崇敬仰慕之心。没想到演员竟然写了回信给他，信上说："人生太过复杂，我也不是万事明了，能送给你的只有一句话：好好感受。"

好好感受。

多好的四个字，简直把人生道尽。

人生万事，苦乐、悲喜、得失，怎么计较得清楚呢，你说他放弃如日中天的名气远赴海外学表演耽误了星途，是失，他却觉得那段海外学习的经历让他成为了一个真正的演员，就连困窘时四处打工的经历都没有白费，它们全都会成为演技的养料和灵魂，所以这个选择毫无疑问，是得。

怎么可能分得清楚？不如只是好好感受。

得也好，失也罢，都去感受，都让它在途中。反正得也不是最终的得，失也不是最终的失。

有个女孩子，大学毕业三年，换了六份工作。朋友都觉得她太不靠谱，劝她早点稳定下来："别人都辛辛苦苦勤勤恳恳攒经验，混资历，规划职业生涯，你呢，折腾来折腾去，到头来还是个新入职员的薪资待遇，你还是长点心吧。"

也不怪朋友吐槽，她第一次辞职，居然是因为暗恋同一个办公室的同事。她暗恋得像个花痴一样，常常偷偷看他，有时他对她笑了，和她说了一句工作之外的话，她都能开心好久。于是暗恋半年后，忍不住找他表白。

结果他很为难的样子，委婉地说了一些拒绝的话，大意是，我们是同事，我从来没有往恋爱那方面想过，何况还在同一个办公室……她很难过，觉得以后在同一个办公室面对他会变成一种煎熬，因此立刻就辞了职。

此后的五次辞职，没再犯过桃花，却是因为和顶头上司吵架。职场上的人际关系，对她来说简直如同迷宫，她在里面左冲右突，动辄就遇死路。

朋友每次都劝她："很多时候对你上司的所作所为，睁一只眼闭一只眼就好，他说什么，你听着就好啊，何必要去吵架？要解决问题，也该用更聪明委婉的方式，难道吵架能够改变你的上司，能够改变你的现状吗？"

到最后，每个朋友都说："你再这样下去，还有哪家公司敢要你？"

她知道朋友说的有道理，却因此生出一股倔强之气。

"你说我不行？我偏要证明我行！"

六份工作，横跨三个几乎完全没有交集的行业。利用周末和假期，她努力学习，拿到三种不同的职业证书。她一边和她认为不够好的顶头上司吵架,一边拼命工作。

第六次辞职时,她正准备第七份工作的面试,不料第五家公司的总监忽然打来电话,邀她一起创业。

"为什么是我?"后来她问。

总监只说了一句:"因为你足够优秀。更重要的是,在工作上,你是个不肯苟且妥协的人。"

如今,她成为这家公司的首席战略官。

曾经不懂人际交往、不明白怎么当一个好下属、被朋友担忧找不到工作的人,如今在职场上,已经比大部分同龄人走得更快、更远。

或许是运气。

可是,是谁说过,运气也是实力的一部分。而这份实力,是她那股不肯服输的拼劲换来的。

她以为自己一退再退,一失再失,原来不知不觉间,自己其实一直在前行。

原来,所有的得都不是最终的得,所有的失也不是最终的失。

这世上有人说,要过好1%的生活,专心致志,有志者事竟成。有人说,要去看99%的世界,读万卷书,不如行万里路。

于是有人问,到底应该过好1%的生活,还是去看99%

的世界?

要我说,最好不问。

人生不过是一场赌局,不上场赌一把,你不会知道结局。

能够做到的只是:感受一切,体验一切。愿赌服输,莫道遗憾。

7 光芒是用来绽放的

我曾在云南昆明度过一段时间。那是个非常波西米亚的老城，老昆明人散漫地在翠湖边拉二胡唱戏，刚放学的孩子们挤成一团买烤洋芋，从他们身边昂首走过的，是穿着艳丽民族风裙子的游客。与现在层出不穷的新奇旅行方式不同，当年去丽江旅行游玩就算足够小资了，如今，连小资这词儿都不流行了，当年裹着披肩在四方街作忧郁状拍照的文青们，后来热爱赤脚走在泰国的大马路上。

但总而言之，那时候的昆明是无数文艺青年的过渡歇脚站，我就是在那儿，碰到蔓蔓。

蔓蔓当时刚刚从丽江回来，她在那里待了两个月，整个人被高原阳光晒得黝黑，每天打打零工赚钱交房租，偶尔批发点小东西临街叫卖。她对生活没有什么要求，稍微赚点钱就够了，多的不求，少的也能凑合。

我们俩交换联系方式，甚至连彼此的长相都记不太清，就像旅途里偶尔相遇的两朵云,就此分开。后来五年里,断断续续得知她的消息:去青海的青年旅舍客串了几个月的掌柜;骑行西藏;在西双版纳咖啡馆里换宿……反正所有文青会干的事,她都做过。

的确很多人不理解她为什么不去找个正经工作,成天"无所事事",让家人太没有安全感。但是对蔓蔓这种无欲无求无野心的人,生活随性所至就好,不愿考虑更复杂的东西,即使对那些收获颇丰却需要用力一搏的东西,她也不愿浪费精力。

就是这一点,导致她后来的"出逃"失败。

其实蔓蔓比我早两年就开始考虑出国,但是考雅思、体检、财产证明等等琐碎事拖延了她的脚步,不是今天没时间学习英语,就是明天要去尼泊尔玩,拖拖拉拉许久时间,在当时的她看来,出国不是一件紧迫的事情,随时随地只要她想,就能。

在我办完所有事踏上飞机的前几天,她还在QQ上和我聊:你等着,回头我去找你。

当我旅行完新西兰全境,在皇后镇找了房子长住下来后,已经又过了半年,再次联系上蔓蔓时,感觉她情绪明显不对。

语气里不再有昂扬潇洒,只有淡淡的敷衍:我现在没有钱，不出去了，想自己开个网店。

我问：那你以后还来吗？

她回了三个字：再看吧。

当年那个脚磨破了，直接脱了鞋啪嗒啪嗒走在昆明金马坊大街上，骑摩托车飞奔在高速路上任头发飞舞，对什么事儿都满不在乎的蔓蔓，忽然不见了。她开始变得理智了。

这真可怕。

对绝大部分人来说，理智，冷静，都是值得赞颂的品质，它们为你的生活保驾护航。可对一部分人而言，这两样品质的出现，意味着内心一部分疯狂枯萎了，可是根子却拔得不够彻底，于是那一些微火光日夜折磨你，你知道你想要什么，可再也没有力气去拿了。

如果只是阅历与心智成熟让蔓蔓走到那一步，倒也罢了，可是偏偏她是迫不得已向现实妥协。蔓蔓的磨蹭，错过了来新西兰的最好时机，当年比较冷门小众的打工度假签证，几年来常年开放鲜有人申请，可从2013年开始广为人知，开抢的第一天，一个小时就全部没有了，这一状况，还将长期持续下去。

对蔓蔓而言，如果仅仅是办旅行签来玩，时间有限开销太大，一次只能待一个月，完全没有深度体验的机会。而出来读书，却更不实际，她连雅思成绩都没有。

也就是说，从2010年到2012年，中间这三年有无数机会，蔓蔓都错过了。

我就是从她身上，才深刻理解那句特俗的话：有些事，你现在不做，将来永远也不会做了。

这是真的，有时候上路需要的只是那么一点时机，一点荷尔蒙，一点激情，一点不假思索。可是也许只犹豫多一秒钟，这些东西"砰"的一声瞬间消失殆尽，再也不会回来。

在新西兰工作生活的年轻人，家境多是"还好"，这个"还好"上至可以拼爹的富二代，下至吃穿不愁但余钱不多的小康家庭子女。公平的是，无论是富家子弟还是小康儿女，来到这儿都是一样的，该吃的苦一点都不会少。新西兰实在也没有什么可供你奢侈消费的地方，于是此时，拼的不是家境，而是内心强大程度。

有一个印度同事，身家极丰厚，据闻其家族在印度有一万亩地，一亩地是666平方米，如此算算的确惊人。但是具体如何我们没人知道。只是偶尔听到他咕哝：我妹妹的房间都比这个鬼地方大。

他说的鬼地方是他们所工作的五星级酒店。

坊间传闻这个印度小地主出来，是被父亲逼的。他的父亲非常开明，当年也曾出国游历几年，如今看儿子太过稚嫩，便也扔出来希望磨砺他的性格。在不情不愿以及"你不出去打拼一下，我一分钱也不会给你"的威胁里，这个男孩来到这家酒店，做打扫房间的服务员，每天低头弯腰清理马桶，捂着鼻子把无数可疑的垃圾归拢到一起扔掉。

因为总是闲站在一旁不做事，被搭档告了好几次状，加上客房服务部的经理以咆哮闻名，这男孩日益消沉。最后一次挨骂时的现场之火爆程度，惊动了全酒店上下。

据说当时是这样的，几个客人让印度男孩更换浴室毛巾，但是等了一个上午，连他的人影都没见到，客人恼怒地去投诉，竟然被他还嘴说：你们自己弄得那么脏，还好意思怪我。

印度男孩彻底捅了娄子，这间酒店一向奉顾客为上帝，加上经理早就对他不满，拖到办公室一顿骂外加警告处分。可是高潮在于，这男孩直接把打扫客房的手套扔到桌上，仰起头大声说：我才不稀罕在你这干活，我告诉你，我家可以把整间酒店买下来！

辞职经典必备扔手套环节过后，他开始长篇大论地演说，内容无非是"我家那么有钱凭什么听你使唤"，"你们这儿就是垃圾，垃圾，垃圾！"诸如此类，当时正值午饭时间，所有客房服务员听得一清二楚，男孩的印度腔英语久久回荡在办公区内，引得不少人偷笑。

44 世界那么大，我想去看看

在年轻人堆里,这事成了茶余饭后的笑话。没人在乎你有没有钱,只看你有没有用自己的能力去获得金钱。

后来大家再说起他,都是揶揄的语气:啊,不知道他什么时候回来买下酒店呢?

相比起印度男孩,小夏就要好得多了。

小夏是典型的中国普通青年,独生子女,家境小康,父母传统,从小到大读书也是中等,顺利上了大学,平时喜欢看美剧,但也不排斥文艺闷片,淘宝是购物常驻基地,偶尔转发一些"星座心语"之类的鸡汤微博。

大家都以为,她的人生轨迹会像其他朋友一样,一份稳定的工作,身边一个可靠的人,每年年假时旅游几天,生活平淡熨帖。但小夏不愿意,"咱有一颗流浪的心。"于是这颗心就带着刚毕业的她出了国。

在出国前,小夏幻想的生活是无数的聚会,金发碧眼肌肉男端着酒杯过来搭讪;自己找一份工作,每天上班前踩着高跟鞋喝着咖啡冲进办公大楼;周末去学学钢琴,小提琴也不错,然后在家做点烘焙,烤点饼干,和闺蜜们共商八卦。

现实在飞机落地时就击败了她,小夏拖着三箱子行李,里面装满了她的护肤品和裙子。从机场出来后,她不知道怎么看机场大巴，只好去等公交车。一个多小时的等待煎熬后，终于醒悟到新西兰公共交通极不发达，没有车寸步难行，小夏最终花了人民币四百多块钱搭出租车抵达预定好的旅社。

那一小时在南半球阳光的暴晒中，小夏对美好生活的憧憬像冰淇淋一样，软瘪瘪地融化了，滴在手上，狼狈不堪。

青旅的生活没有几天，小夏的生活费捉襟见肘。她开始着急找工作，短短三周内，她换了三份工作：在华人餐厅端盘子，每天要工作到十一点，太累了，而且华人老板总克扣时薪，撤；在外国人的午餐店做前台点单员，第一天就刷错了客人的卡，老板脸色太难看，撤；礼品店里做销售总要面对挑剔的客人，选个护手霜都要四十分钟，烦人，撤。

小夏次次离职都情有可原，她发现自己不适合都市里的店员生活，于是转奔南岛，奔向茫茫草原的怀抱。

南岛的畜牧业和种植业比较发达，年轻人总会来这里寻找农场工作机会。小夏顺利地在苹果园找到一份工作，但是第一天，几十斤重的筐子把她的手臂弄出血痕，小木刺扎在肉里痛痒难忍。第二天，紫外线极强的太阳晒得她过敏，脸上背上全是一片片红疙瘩，擦了两天的药还不见好，只好转道去基督城，到曲奇饼厂做包装女工。

这份工作还不错，就是站在流水线边，检查一下有没有空袋子或是包装错误，周薪轻松赚三千人民币。可是一个月后，小夏还是辞职了。因为大降温来得太猛，住的地方连暖气都没有，晚上彻夜难眠，早上六点开工，最终让她发烧了。

小夏在新西兰一共只待了三个月，在六月冬天来临前，她匆匆逃回中国的夏季。在这儿，她没有被金发碧眼帅哥搭讪，那些男孩只懂喝酒，以及约喜欢晒太阳的姑娘跳舞。她没有找到一份能让她踩高跟鞋上班的工作，本地人自己就业都有点难，更别提一个英语刚过四级，连工作经验也没有的外国人。她也没有做过一次烘焙，三个月来，她不断奔波找下一份工作，居无定所。

就这样，小夏离开了日夜煎熬的出逃生活，回归到温暖的家，那里有随时随地能买到衣服的淘宝，有合口味的菜，有坐在办公室轻松过活的日子。后来再有人向她询问出国事宜，她都会特别坚决地说：特别辛苦，就是去受虐的，一点意义都没有！

8 朝着大海的方向，奔跑

我第一次见到里昂的时候，两个人都很狼狈，当时我们都住在一间民宿里，我买的二手车被原车主骗了，还闹去了法院和警局，而来打工度假的里昂买的新车当天直接被撞报销了。

但是他比我要更迅速地找到解决办法——他马上就买了第二辆，还是找拖车公司的人直接买的。

我当时心想，这人可真有钱。

里昂是福建人，长得高大，眉眼开阔，不计较，是个看起来就很靠谱的爷们儿。我没车回几百公里之外的家，于是蹭他的车走，一路上经过羊群、海、雪山，从正午走到夕阳。八个小时的车程，足以让我们成为朋友。

说来也好笑，2013年，中国年轻人申请打工度假签证的难度骤增，十几万人去抢一千个名额，无数人卡在崩溃的网站里，一时间网络上哀嚎一片。而里昂却是无心插柳，他本来是要办旅行签证，得知有这个签证后，想想旅游之余还能打工，就早起去抢了一下，竟然顺利拿到了，"我家网平时挺慢的，那天也不知道怎么就抢到了。"最好笑的是，他一个做中介的朋友托他帮忙再抢一个，他又抢到了。

里昂抵达新西兰的第一站，就是去年轻人扎堆打工的水果之乡克伦威尔摘樱桃，这事儿说来也巧，樱桃工由于时薪高（曾有朋友一天净赚2000人民币），全世界来这儿打工的青年都喜欢去申请，里昂那天住在民宿，刚好一个申请到工作的人临时决定不去，他就顶上了。

里昂就这样迷迷糊糊的，一路走过来。

后来再见到里昂，是他专程开车一个小时，去送自己摘的一大堆樱桃给我。他从自己的几万块的大包里倒出小山高的深紫色大樱桃，结结实实地堆在厨房桌上，全部微微泛着光，像无数个小亮点。可他还有点不好意思：这回摘的树有点小，下次给你摘 sweet heart 品种的，超大。

他手上全是被樱桃树枝子刮的小细血痕，也就两三周，整个人黑得像个农民。

我有点感动，因为对摘樱桃工人而言，每天工资是要按筐子数量来算的，他用自己的时间给朋友摘樱桃（而且还得躲过监工偷偷塞进包里），就等于减少了他的工资，更重要是筐子如果少，还会被监工骂手脚慢。要知道，在果园里对亚洲人的歧视可不算少。

可里昂不在乎，他隔段时间就摘一堆偷运出来送人，有次得知我们几个朋友路过克伦威尔，他用下班时间冲回果园摘了两大袋子。车子经过时，远远看见他站在路边等着，看见我们，他特别开心地举起手里沉甸甸的两大袋子，大喊："这回我摘的特别大！"。

由于里昂的仗义直率，他很快结交了许多朋友，经常三五成群结伴去附近登山钓鱼。有一次出去玩，所有青年客栈都客满了，里昂大方地请所有朋友住了当地的四星酒店。此时他隐藏的另一面才逐渐曝光。

没人猜到这个洒脱开朗的大男孩，竟然在加拿大有着自己的生意，而且做得很大。

里昂几年前就以投资移民身份移民加拿大了，他的家境极好——有次和四川朋友聊起春熙路，里昂对那一带了如指掌，一问才知道，他家在春熙路买了一套房，专供去四川旅游时住。而类似的房子在国内还有不少，全在最旺的地段，其中大部分都是别墅。

总而言之，这是个富二代，还算得上是高富帅。

但是里昂有自己的经济头脑，在加拿大坐移民监期间，待着也无聊，不如做点生意吧。于是他做起油画和茶叶进出口业务，还请了一个脾气古怪业务精深的央美毕业的画家帮忙卖画，时不时画家神秘失踪去哪儿写生了，里昂也不生气，直接挂牌子关门停业一天。

在加拿大，几乎家家户户都爱挂油画，而里昂从深圳出口的油画画工佳装裱精细，价格却比同类画廊便宜30%，短短一年时间，市场做得风生水起。

在移民监接近结束时，里昂决定出去旅游一趟，随后后面每一个巧合都导致了前文所述的种种错位，最终让他成为一名摘果农民。

里昂每天和其他三个人挤在不到20平米的宿舍里，深夜上洗手间，得哆哆嗦嗦披着衣服去几十米外的公共厕所，所以睡前他几乎不喝水。每天摘果从清晨六点到下午三点，早起如果来不及吃东西，就得等到中午，有时烈日当头能把人晒昏，他花五块钱买了顶大草帽，脖子上绕了一圈毛巾，专门来擦汗。

可是这一切在里昂的描述里，都是特别酷的回忆："你知道吗，每天早上会有直升机飞过来把所有樱桃树上的露珠扇掉，不然樱桃会坏，好玩吧！"

如今樱桃季结束，里昂开车旅行到了另一个以盛产苹果的地方，继续摘果工作。

和里昂的情况相似却又不相同的日本姑娘加藤是我的好朋友，她是个典型的日本人，礼貌到有些谨言慎行，吃饭前一定会说"我开动啦"，表示感谢时连连弯腰。

加藤已经三十岁了，看起来却和二十几岁一样，一米五几的身高，娃娃音夹带着各种语气词，和男孩子说话还会脸红，捂着嘴不好意思地笑。

我认识她一年，她回了东京两次，参加两个妹妹的婚礼。

在大部分保守人士的思想里，大概会觉得两个妹妹都结婚了，姐姐却依然在外漂着，想想就着急。如果这些人知道她做什么工作，一定会跌碎眼镜。

加藤在酒店做客房打扫。

没错，就是客人离开后，负责铺床扫地，清理马桶浴室的工作。

跌碎眼镜后再让眼球跌落吧，加藤家境与里昂有得一拼，她父亲是日本一个知名电器公司老板，有好几个厂，每逢特殊日子，加藤还得穿上和服去参加不同活动。

加藤就像日剧里那种千金小姐，为了自由冲破束缚。

说起来是这样，可是现实并不是太美。

加藤家规极严，在她少女时期，想打耳洞，妈妈给她一张纸，要求把打耳洞的原因和后果一条条全写下来。家人都像那些永不会飞错路线的行星，哥哥们子承父业，在不同部门负责事务,妹妹们嫁人做主妇,只有她是个另类星球,四处乱飞,几次差点引起星际爆炸。

加藤学习非常努力,毕业后考取东京大学,读的是父母希望的金融专业,可是有一天她觉得没法念下去了,找不到读这些课程的意义,她甚至连基本课程都没法过关。瞒着父母,加藤肄业出去找工作,在一间公司实习,被父亲下属无意间发现,事情才曝了光。

全家震怒,将加藤关在家里,派一个佣人看着她。我几乎可以想象到这个看似柔弱实则倔强的女孩当时经历的一切,她在家里不发一言,不妥协,独自坐在房间里,日复一日赌气,气父母的不理解,气那个告密的下属,气自己为什么不做得更巧妙隐蔽些。

终于有一天,父亲想通了,打开门,眼睛不看她,挥挥手让她走。

可是现在想想,那不是想通了,是放弃。

加藤默默收拾了行李,走了出来,扭头看看,门被关上,那一刻就像个慢镜头,把她隔绝到另一个世界。

她得到了一直以来想要的自由,可是忽然她不知道这玩意儿能把她带到哪儿去,甚至不知道要这东西干嘛。

加藤决定先出门闯闯,再想后路,于是她来到新西兰,

先上了半年语言学校,一路溜达,直到来到皇后镇,在酒店找到一份客房打扫的工作。

奇怪的是,东京大学都没法让她安安稳稳待着,打扫客房却让她留了一年多。日本人的严谨和细致非常适合这份工作,加藤很快成为"self-check housekeeper",意思是她打扫过的房间不用领导检查,自己负责就好。

这份工作并不轻松,平均每 10 分钟要清理完整个房间,包括更换所有床单枕套,地板上不能有一丝头发,浴室镜子上不能留一颗水珠。每天八点到下午三点的工作时间,常常让她累得必须回家睡 3 个小时才有精力起来做晚饭。

这些事让父母没法理解,就连日本国内的朋友也没有办法理解她。

可是加藤很快乐，她自己算了个帐，每周赚的工资，去掉房租，还剩三百美元，足够吃饭，旅游，喝酒，聚会，每天都开开心心的，"我在日本就算每周赚一千美元也不会那么开心呀。"

是的，因为从小没有吃过穷的苦，所以快乐对加藤来说就够了。

加藤其实不是一个文青或理想主义者，相反，她非常脚踏实地，自己主动选择的事情一定会做得几乎完美，各种问题思考得清清楚楚。但是只有一点，她非常有原则，而这个原则，就是自己内心舒不舒服。比如舍友手腕被割伤，当地小医院只能简单包扎，加藤果断推掉新男友的约会邀请，驱车三个小时带舍友去大医院处理。也比如被领导玩笑地拍脑袋，她会当着大家面直接回击，毫不顾忌面子。

加藤小心翼翼地保护着内心的敏感与诚实，做着其他人眼里的"怪咖"。

她和里昂，都是让我会仔细想一想的人，家境富裕却内心坚强的人，出门吃苦，似乎是一件让他们"很爽"的事情，因为知道自己退路几何，却想看看自己前路多少，闯劲十足，甚至比普通家境的人要更勇敢，带有一种洒脱气质。

迷茫本就是青春该有的样子

"这日子过不下去了！"

你昨天约我去喝酒，特意避开了南锣鼓巷密密麻麻的让人胆寒的人群，选了一街之隔的北锣鼓巷一家坐落在四合院深处的清清静静的酒吧。

幽蓝的灯光照在你描了蓝色眼影的美丽眼睛上，你一口灌下杯中的莫吉托，恨恨地抛下这句话，掷地有声。

亲爱的，我很想提醒你，我已经不是第一次听你说这句话了。

也很想提醒你，没有人像你这样喝莫吉托。

莫吉托的薄荷气息，沁人心脾，静静闻着慢慢品着最好，猛灌一气，只会让它变得苦涩呛喉。

这种感觉像什么呢，哦，对了，很像你口中这些"过不下去的日子"。

在旁人看来，你的日子过得不能再好了。

你年轻，漂亮，身材娇小，气质可爱，在电视台工作，体面，高薪，每天可以睡到中午起床，然后打车去上班。没错，你在这座人人抱怨拥堵的城市里，几乎从未坐过公车和地铁，也没有经历过上班族谈之色变的早高峰晚高峰。

你有一个高大帅气的男友，他是个画家。当然不是怀才不遇的穷画家，而是经常举办个人画展的小有名气年轻有为的画家。他的作品一画出来，立刻就有画商买走。你们目前正在甜蜜地同居中，他大部分时间都在工作室作画，偶尔被你拉出来和朋友小聚，看得出来是个沉默不善言辞的人，望着你时，眼神却相当温柔。

这样的日子，你还说过不下去，不知情的人或许会说你矫情吧。

只有我明白，你迷茫不知所措，既没有过着梦想中的生活，也没有活出理想中的自己，不怪你时常把那句"日子过不下去"挂在嘴边。

不知情的人并不知道，你那份体面高薪的电视台工作是你老爸的杰作，他要求你乖乖待在他的羽翼下，不允许你长出自己的翅膀，去外面吹风淋雨。所以你的工作清闲轻松，毫无挑战性和晋升空间，几乎让你忘了自己少女时期的梦想是拥有一份在世界各地飞来飞去可以接触无数超模大明星、可以呼风唤雨叱咤风云的工作。

　　他们也不知道，你那位人见人爱的男朋友，是个坚定的不婚主义者。刚开始交往，他就对你坦承了这一点，你却因为太爱他，打算装作不在乎，只在心底偷偷藏了一丝见不得人的希望：也许你能像电影《他其实没那么喜欢你》中安妮斯顿饰演的那个女孩一样，和不想结婚的男友交往7年，最终成功改变他的想法呢。

　　如今，三年过去了，你开始觉得，你的希望太渺茫。因为你看到他毫不迷茫，没有一丝痛苦和犹豫，早早地为独身的晚年准备着一切必需品：健康的身体，足够的金钱，热爱的工作，以及一个永远不逼他结婚的女友。

你只是你老爸和你男友的点缀品之一。

有时你自嘲，假如用一个和你长得一模一样的人偶替换掉有血有肉的你，他们大概也会欣然接受。

你当然也想反抗老爸，可是，他身体不好，你不忍心违背他。你怕他生气，怕他用爱要挟你，而你知道自己肯定立刻就会束手就擒。

你当然也想过离开男友，你的梦想明明是成为谁的娇妻，成为谁的可爱妈咪，一家三口，温暖甜蜜。可你真的爱他，爱得不得了，他几乎是你的全世界啊，你怎么舍得放手离开。

所以，除了找我喝酒发泄，你还能怎么办呢？

我亲爱的朋友，不知你还记不记得，从前的你。

我记得很清楚，你第一次离开家在异地上大学，住进寝室的第一晚，在关了灯的漆黑寝室，你蜷缩在床上瑟瑟发抖，泪水浸湿了被角也不吭一声。

那个时候，你是一个怕黑的孩子。

对了，你那时还怕打雷。

世界好大啊，你试探着迈出一步，又吓得缩回半步。但终究还是走出去了。

大一过完，你已经敢半夜摸黑起来上厕所，敢在打雷的天气里走到阳台上看雨。你开始自学设计，去画室学素描，去道馆学跆拳道，甚至开始参与竞选班长和学生会干部。

精彩纷呈的生活在你眼前渐次打开，你欣喜得顾不上去害怕。

大二，你如愿当上了班长，拿到了奖学金，当上了校报的记者，素描成为纯粹的爱好，跆拳道却终于摆脱菜鸟的白带级别。

大三，你开始去当地最大的传媒公司实习，开始接触到不少娱乐圈的人。你还交了男友，有时会像个不乖的孩子一样夜不归宿。

大四，你和他分了手，却得到了传媒公司的一个职位，能够直接对接各类明星，你说，喜忧参半，也算扯平了。

然后，就没有然后了。

你回了老爸所在的城市，在遍布老爸关系网的电视台混吃等死。

那个精彩纷呈的世界还在开启，却忽然被生生按下停止键。你身上刚要迸出的光芒一下子熄灭得干干净净。

当我提起这些时，你沉默了。

你都记得，对不对？那种看到世界丰富的层次，看到自己身上越来越多可能性的惊喜感觉，仍然鲜明地留在你的身体里，对不对？

你问我，你的人生怎么变成了现在这样。

亲爱的朋友，如果你愿意抬起头看一看你身边的人，看一看她们的人生，你就会知道，其实大家都一样。

你的同事，已经跳了三次槽，好不容易找到的工作，仍然不是自己想要的，却不敢再轻易辞职。她数着手中的薪资，想着渐长的年纪，觉得自己的未来真是暗淡无望。

你的高中同学，和你一起毕业，坚持复读了两年才考上理想的大学。结果刚读了一年，就觉得自己选错了学校，还念了一个毫无前途的专业。她索性自暴自弃，过了几年无所事事的大学生活，临到毕业才着急找工作，可想而知，她能找到什么样的工作。现在，她经常做的事就是在微博上吐槽上司，吐槽生活，吐槽一切，吐槽吐得风生水起，日子却卡在原地。

我们共同的朋友，小橙，看着也是工作顺利，爱情甜蜜。可你何曾知道她从大三开始实习，花两年时间才转正的那份记者工作，如今遭逢人事倾轧、行业潜规则，早已耗尽了她正直的想要为普通人代言的梦想和热情。而那段从大学开始的甜蜜恋情，也因现实的种种问题而要走到崩溃边缘。旧路已失，新的路却不知在何方。

或者，你再抬眼看一看坐在你四周的男男女女，他们一个个西装革履，裙裾飘扬，端着晶莹的高脚杯，手指间燃着细长的烟，看起来精致而潇洒。但你知道，酒吧里从来就不缺买醉的人，忧伤的面孔，落寞的眼神，以及一颗颗装满烦恼的心。就像你一样。

…………

你看，大家都是一样啊。

做着不喜欢的工作，过着不想要的生活，爱着不能爱的人，觉得世界灰暗，人生无望，迷茫于未来走向何处，想着走向何处才有希望，走到哪里才是尽头。

可是你有没有想过，迷茫本就是青春该有的样子？

没有人可以生下来就找到自己该走的路，一往无前，至死方休。多数人都是要跌跌撞撞，摔过跟头，愈合伤口，才能拥有坚定的目光。

而20多岁的人生里，谁都是不上不下地卡在原地，以为四面八方都没有一条可以走的路。

有时候你想，人生是不是就这样了。

但是岁月终有一日会告诉你，人生不会只是这样。

在大理，我曾经遇见一个女人。她三十来岁，容貌不显年轻，却别有一种风情和韵味，像岁月酿就的酒，味道都藏在深处。她和外籍丈夫一起在那里开了好几家店,大家都叫她老板娘,我也跟着这么叫。深夜的酒吧,她点上一根烟,聊起自己的过去,轻描淡写,我却听得惊心动魄。

幼时,父母离婚,父亲再婚,母亲改嫁,她跟了母亲,却和那个脾气暴躁的继父相处不好。弟弟出生后,她在那个家中更无处立足,结果被母亲送到寄宿学校,从此回家的日子屈指可数。没有人照顾她,没有人挂念她,她只好将所有的时间都用来拼命读书,为了考上大学,彻底离开那个家。

上大学后,她一次都没有回去过,独自在外打拼。20出头的年纪,她结过一次婚,和大学的学长。几年后,学长开公司,为了支持他,她将自己工作以来存下的钱全都押进去,谁知公司没开成,学长被合伙人骗走了所有钱,而她收到的却是一纸写着她名字的欠条和一张离婚协议书。

关键时刻只顾自己的男人,将她背叛得彻彻底底。

还完债的那一天,她离开了那座城市,一无所有地来到大理,从摆地摊重新开始,直到开了第一家店,直到遇见现在的外籍老公。

我现在,过得很好。最后,她这样说。

我当然相信她过得很好。

只是不知道在全世界都抛下她的时刻,她是否觉得人生根本什么也不是，是否怀疑她的青春到底有什么意义。

不知道她一个人怎么撑过那些最寒冷的时光，又是怎么从迷茫里重新找到出发的方向。

我的朋友，我有时想，我们的 30 多岁是什么样子呢。是不是也会像这个女人一样，容纳了一切，生命逐渐变得像一坛酒，浓郁香醇，却也有凛冽风味。

我并不能越过时光和流年，去到未来，指着你那已经变得成熟、智慧、风情万种的人生，然后告诉你，你看，我说过的。

我只能和你一起去相信，我们终将经历一切，而那些经历过的事，好的，不好的，都会发生化学反应，让我们变成另一个自己。

你说现在的你连动弹的勇气都没有。那又怎样呢？勇气也可以深藏内心。只要你念念不忘，终会有回响。

至少，你知道眼下的日子不好过。

至少你还没有认命。

束手无策，那就继续无策。万分痛苦，那就继续痛苦。茫然无措，那就继续茫然。

要更用力地活着。

要去相信，终有一天，这一块铁板的日子会出现裂缝，会透进光。

10 与自己的软弱握手言和

化妆品公司的会议室里,市场总监正在批评自己的助理。

"身为化妆品公司的职员,而且还是总监助理,没化妆说得过去吗?你打算就带着这张素面朝天的脸和我一起去见客户吗?"

"你再看看你这身衣服,是早上起来没来得及换的睡衣吗?如果你对这份工作没有起码的尊重和职业素养,那就不用再做了。"

总监皱着眉训话,助理眼圈发红,一声不吭。

"今天你不用跟着我了,就留在办公室处理文件吧,记住了,下不为例!"

女助理退了出去。总监揉一揉因生气而发痛的太阳穴。这已经是第几天了?工作完全不在状态,他记得从前的她不是这个样子的。

从前的她,每天都会打扮得优雅大方,永远笑容满面,能力强，专业知识又熟练，待人接物更是没的说，穿着十厘米的高跟鞋穿梭在各个办公室之间，每一步好像都能生风，既干练又潇洒。

当然应该是这样，如果她不优秀，怎么可能成为他最得力的助理？

可是这几天，她一直都是这副没精打采、恍恍惚惚的样子，难道发生什么事了？他开始觉得刚才的斥责太草率了。

他起身去办公室找她，她不在那里。问其他人，说她去了洗手间。和她关系好的同事轻声说了一句："她最近好像经常躲在洗手间里哭。"

总监忙问:"怎么回事?"

"我也不知道,问她也不肯说,但那天听到她在走廊打电话,好像是说她奶奶去世了。"

总监吃了一惊,"可是她都没有请假……"

"这我就不清楚了。"

后来,总监找到她,深谈了一次。这次,她老老实实说出了奶奶去世的事。

问她为什么不请假回家,她说:"奶奶是突然心肌梗塞去世的,我接到妈妈电话的时候,奶奶已经火化下葬了,回去也见不到了。"

说完,她又补充:"爸妈在我上高中时离婚了,我跟了妈妈。爸爸再婚后,我就好久没回去了,奶奶也是好多年不见了。妈妈肯定觉得没必要让我回去,所以才推迟好几天告诉我消息。可是,我是奶奶带大的……"

"就算不回去,你也可以请假休息,何必强撑着来上班?"总监叹道。

"我以为我没问题的。"她微微鞠躬,"抱歉,给您和大家都添麻烦了。"

"不用这么逞强。"总监说。

这话本是好意,女助理却摇摇头:"不是逞强,我只是不愿意因为这件事给大家的工作添麻烦。况且,奶奶曾经跟我说过,死只是一蹬腿一闭眼的事,很平常。她说,以后她要是死了,一定不要难过,不然她会不放心走。所以我想着,我应该很平常地对待这件事,否则她会挂念我,舍不得走……"

看着这个一脸倔强的女孩,总监忍不住道:"你的奶奶说得没错,但对于你而言,最亲爱的人去世了,当然会伤心,会难过啊。痛苦的时候,就尽情痛苦吧,大声哭也没关系,软弱也没关系的,等你从伤痛里走出来,再来逞强。"

她愣住了,许久许久,泪终于落下来。

"奶奶走得太早了,小时候我跟她说,将来挣了大钱要带她环游世界。我还没有来得及实现我的承诺啊,以后永远都没办法实现了……"

干练潇洒的职场女强人,原来也会露出这样的表情,脆弱得像一个失去依傍的小孩。

大约生命是这个世界上最无常的一种存在。有时你和家人、恋人、朋友在一起,彼此幸福美满,便以为时光将永恒延续,然而人祸天灾,往往只是一瞬。

小学时,班里有同学父亲去世,请了很久的假,那段时间,我回家看到自己的爸爸一如既往哼着小曲儿在厨房给我做好吃的菜，就会觉得自己好幸福。

十几岁的时候，善感得很，一想到父母总有一天会离开我，总是忍不住泪流满面。那时我想，人怎么能忍受得了那种分离之痛呢？只是设想一下都好像撕扯着血肉。

再后来，长大了一些，终于开始明白，生命的迟到早退，于我们而言是无常，对世界来说，却是再寻常不过的日常。而和心爱的人生离死别，是人生必修的一门功课。不管你愿不愿意，不管你是主动还是被迫，都必须修习。

这门功课不及格，上天就不会让你领悟到生命珍贵如斯，情意厚重如斯，也不会许诺释怀和解脱。

但功课的内容，不是故作坚强和平和，不是以麻木来抵挡伤害，以冷硬来抗拒磨难，而是接纳伤痛，释放悲伤，明了生命本质的残酷，然后对生命有更柔软更温暖的理解。

戴安娜王妃有一次去看望一位身患绝症的小女孩。

小女孩小小年纪就遭受了很多常人难以想象的痛苦。每一次化疗都像在炼狱里走过一遭，得忍耐药物严重的副作用，咬牙撑过成年人都觉得痛苦不堪的治疗。自从知道自己的病情以来，小女孩没有哭过一次，没有喊过一次痛，没有叫过一次苦。父母、亲人、医生、护士，所有人都夸她坚强，也都鼓励她继续坚强下去，相信希望就在前方。

而戴安娜王妃来看望她时,什么也没问,什么鼓励的话都没说,只是抱着她说了一句:"很痛苦吧?想哭就哭吧。"

小女孩终于卸下坚强的面具,在王妃怀里像个真正的孩子一样失声痛哭。

不是不能坚强,不是不能独自撑过熬过所有苦痛,但这所有的煎熬和逞强,都不如放声大哭一场来得有效。

因为这一场哭泣,是对自我和伤痛的温柔接纳。

接纳过后,才有真正的直面。

曾经有相熟的姐妹失恋、失业,还失去了自己最爱的宠物,一下子觉得陷入人生的低谷,伤心过度,无法振作,窝在家里不出门,提不起精神做任何事。

几个姐妹相约去她家,她蓬头垢面、脸色憔悴地来开门。坐下来聊天,她说起劈腿甩掉她的前任,说起人生前路的茫然,说起宠物死之前的情形,满脸的无法释怀,但问起她有没有哭过时,她却咬牙道:"我不想为了这种事情哭。"

我们都愕然,或许她觉得哭泣代表软弱,但若不为了这种事情哭,那人生还有什么值得哭泣的事?

"我们来看电影吧。"

正在大家面面相觑,不知该说些什么的时候,有人建议。

选了一部催泪电影,准备了一大沓纸巾,几个人陪着她边看边掉泪,等到电影播完,纸巾消耗完毕,眼睛肿成桃子,那压抑在心底的沉重悲伤好像真的释放了许多,减轻了许多。

后来这位姐妹和我们说:"哭的时候才肯承认,其实我好伤心,好难过。但神奇的是,哭过之后,发现自己已经没那么伤心难过了。"

我们都是人类,普普通通的人类。

当然可以咬牙走过很长的路,熬过许多难熬的伤痛,但我们都不是铁打的。躯体和心灵,都不是。

受伤的时候,痛苦得难以承受的时候,放声大哭一场,又有什么不可以?就尽情地让自己软弱,向命运撒娇赖皮,向这个世界的残酷暂时举手投降,又有什么不好?

好过强撑起坚强的表象,以为自己张牙舞爪,防备完美,其实内里早已千疮百孔,脆弱不堪。

承认脆弱,才会治愈脆弱;释放悲伤,才会治愈悲伤;流着眼泪,和软弱的自己握手言和,时间才会愈合一切。

否则,它只会麻木一切罢了。

11 不必缺席被世界亏待的日子

表姐从美国回来，我去接机。

她拖着行李箱走出通道时，我愣住了。她身穿质地精良的衬衫，黑色紧身长裤，长款风衣，简洁利落的欧美范儿，一脸神采飞扬的笑容，早已褪去当年的笨拙和自卑，好似一块原石已被打磨出耀眼光彩。

她说她读完MSFE（金融工程硕士），在美国拿到了好几家投资银行和基金管理公司的工作机会，打算在那边工作了，这次是回国来办一些手续。

轻描淡写说着这些的表姐，哪里还有一丝青春年代的影子。

高中三年，表姐是班上最不起眼的女生，长相普通，家境普通，不懂打扮，不擅长交际，学习很努力，成绩却永远只是平平。午休时，别人都在玩游戏聊八卦，她总是埋头看书做题。连班主任都说她:"你就是因为太死板,考试才考不好。"

她那时不明白怎样才能不死板,只知道什么事都怕"认真"二字。

她认真得简直有点滑稽。大好的青春,全都消耗在数学公式、英语单词里面,少女那些懵懂的情愫,她当然也有,却因为太笨拙太自卑,还没等她有勇气开口向他告白,毕业就匆匆而至,彼此各奔东西。

幸好三年不间断的努力和认真起了作用,她考上了排名靠前的重点大学。

大学前三年,几乎是高中生活的重复。寝室的其他女孩子忙着恋爱,兼职,看电视剧,旅行,把日子过得多姿多彩,她却是教室、寝室、图书馆、食堂四点一线,单调到几近乏味。到了大四,其他女孩子开始忙着分手,找工作,考研,写毕业论文,她却已拿到普林斯顿大学的全额奖学金,准备出国。

同学会上,大家谈论起当年不顾一切、傻里傻气的青春时,她插不上嘴。她的青春,谁都不在场,只有无数本书、无数道试题与她作伴,一句话就能说尽。但当大家谈论起事业时,所有的视线都一齐转向她。

谁能想到,当初那个笨拙又不出彩的女孩,会成为华尔街的精英呢。

都说青春不疯狂，不放肆，就是虚度，就会后悔。但从表姐身上，我看到青春的另一种可能。

同班同学中，当年玩游戏聊八卦的人，如今牢骚满腹，家长里短，而那个青春一片黯淡的姑娘，却在沉默中华丽转身，站在大家都无法企及的舞台上，接受所有人的艳羡、嫉妒，以及喝彩。

等你蜕变出更好的自己，再苍白的青春岁月，回忆起来都会让你嘴角上扬。

哪怕被这个世界亏待过，时光也终究不会亏欠任何人。

朋友离开普吉岛时给我打电话，说她已经想清楚了，回来就辞职，换一份工作。

先前的那份工作，她简直像中了邪般，无论如何都做不好。

起初是不小心得罪了上司，然后和同事闹僵，被客户投诉，交上去的案子永远被打回来重做。当初她求职时，大学四年那漂亮的履历和实习经验，助她过关斩将，而她也壮志满怀，准备在职场上大干一场。

谁知世事难料，接二连三的打击，几乎让她开始怀疑整个世界。

仿佛是上天都掺了一脚，专要和她过不去。

她想,这是怎么了,为什么自诩优秀的她连这样一份简单的工作都做不好?

当然想过辞职,却也犯了傻,想着:自己连这么初级的工作都做不好,去了其他公司难道就有自信能够做好其他工作,能够顺利融入另一个环境?

纠结得不得了,压力大到失眠。终于受不了,请了年假,随便参加了一个旅游团,去了普吉岛。

后来她告诉我,她在普吉岛

遇到了一位店主。不知道是哪国人，独自在岛上开了一家小店，卖奇奇怪怪的甜点和颜色艳丽的热带饮料。

也不知为什么，坐在他的店里，不自觉地就放松下来，向他倾诉了自己的遭遇。英语说得磕磕绊绊，店主却听懂了。

他问了一句："你觉得，我有什么才华？"

她有点摸不着头脑，一个店主，有什么才华？

"经商的才华？"

店主笑了："错，其实我最大的才华是会聊天。"

她也笑了，以为店主只是开玩笑。他却接着说："其实，我以前弹过钢琴，当过老师，做过销售，但直到我开始经商，我才找到最能让我发挥才华的地方，如果我告诉你我的店已经在全球各地开了很多家分店，你一定会惊讶吧。"

的确惊讶。

"那么，最能让你发挥才华的地方在哪里？"最后，他问。

她忽然愣住了。从来没想过，一直以来，都只想着要做好眼前的事，搞定工作，升职加薪，成为职场牛人，就像所有优秀的人那样。

"有时候，不是你的才华配不上这个世界，而是你身处错误的世界。"穿一条夏威夷短裤的店主语重心长地说。

从普吉岛回来，她辞掉原先的工作，在一家大公司找到一份很好的工作。大学四年的打工兼职经验仍然没有白费，在面试时，面试官对她表现出来的见识和能力相当欣赏，刚入职她就被破格允许参与一些重要项目。

能力得到锻炼，她学习快，又拼命，很快升了职。现在她每天穿着真丝上衣西装裤，像这个城市最典型的白领，穿梭于写字楼和咖啡厅之间，每周出差一次，在各个城市最好的酒店欣赏夜景。从前的煎熬挫败就像做梦一样，早已不复存在。

我问她那个普吉岛店主的故事是不是真的，她居然犹豫了。"我也不知道是不是，现在想起来也像做梦一样。"

但是店主送的船锚模型，至今还在她的手机上挂着。

被周围的一切否定，不知多少人有过这样的经历。

其实你只是自己取消了自己的意义，又或者只是走进了错误的世界里，还错以为现在所处的环境就是整个世界。

直到你迈出一步，两步，三步……才知道世界何其广阔。

哪里都可能有你的天地。

退一万步讲，哪怕被整个世界亏待，你也可以不亏待你自己。

12 盛装，等待一场日出或日落

朋友感冒咳嗽，久久不见好转。一日打电话给我，与我寒暄几句，边咳着边问我有没有什么治咳嗽的偏方，说她药吃了一大堆，全都不见效。

我因为胃不好，平时能不吃药就尽量不吃药，自然没什么偏方可以提供。她很遗憾地叹了口气，又向我诉苦，说她有时晚上都会被自己咳醒。我听到电话里传来呼呼的风声，问她在哪里打电话。她说刚从地铁出来，正迎着风口。

这样迎着风讲话，难怪边说边咳，我忙让她挂了电话。

接下来几天，她又常给我打电话，和我聊些最近的烦心事。有时是在我午休时，有时是在我刚下班时，而她刚和客户喝完咖啡。

她仍然咳嗽，有时很烦躁，说怎么咳嗽迟迟不好，又说肯定是因为她老在外面跑，而北京雾霾太重，接着就开始聊她事业成功之后离开北京的大计。

我哭笑不得。

亲爱的朋友啊,生了病就得停下来,好好静心养着,你却着急忙慌地想着尽快痊愈,这样怎么会好转呢?你明明咳嗽,却每天忙着工作,不停地透支嗓子,和客户说完话,不好好闭口休息,还要继续和我聊天,饮食上也不注意保养,每天都是在外面吃快餐厅的食物,还喝咖啡,难道不知道咖啡刺激嗓子?

后来,她终于请了假,在家静养了几天,不说话,喝冰糖雪梨水,隔绝了工作上的事,每天听音乐、静静坐着看会儿书,牵着妈妈养的狗去公园散步,到了第三天,果然好了大半,不再咳嗽。

病去如抽丝,让人干着急,偏偏这又是最急不来的事。

越急,病好得越慢。

朋友说她也懂这个道理,事到临头却还是忍不住着急。只要一想到还有那么多工作需要她处理,她就停不下来。

听她这么说,我忽然想到,或许我们都是这样,活在一个停不下来的世界里。

在一个停不下来的世界里,你会读到许多加班猝死的消息,会听到许多为事业毁掉健康壮年早逝的悲剧,会看到网上有人正儿八经地说,如果一个人没有秒回你的信息,就证明他不在乎你。

每个人似乎都失去了耐性。

梦想恨不得一日成真,事业恨不得一跃千丈,感情最好今天见面明天就说我爱你后天就定下终身。

生怕等下去,一切就都来不及了。

我们也见过一些创业者,着急找团队,着急找资金,着急推广宣传,却很少把心思沉下来,花在产品细节的打磨和用户体验上,结果团队勉强拼凑起来,资金到位,却因为产品体验不过关,留不住用户,最多靠推广火一把,立刻就失败了。

见过一些奔三的女人,天天急得像热锅上的蚂蚁,着急把自己嫁出去,担心再老就没人要。结果匆匆找个人嫁了,过不了两年就闹着要离婚。

时代当然变了。今天的我们,不再需要花费漫

长时日去等待一封信，等待一个人，只要打开微信、QQ，发出去几个字，立刻就能得到回应；想联系谁，只要按几个键，即使他在地球另一面，也可以立即说上话；想见谁，高铁，飞机，再远也不过数个小时的事。

但人与人之间的情谊并未改变，时间的流逝方式并未改变，四季并未改变，自然和人生的规律并未改变。

一个梦想，仍要浇灌心血和信念，付出努力，才能变成现实。

一段感情，仍要花费时间和精力，用心经营，才能日渐深厚。

好比等待一棵树的成长。你不能越过种子发芽这一步，也不能越过它每一步的成长，所有树的种子，都必须经历时间、四季、阳光风雨，扛过每一次天灾人祸，才能长成参天大树。

等待的过程，很慎重，也很隆重。

同事的妹妹，从小的梦想是去法国生活。但贫寒的家境让她连大学都读不起，比起天资平平的她，家人都把希望寄托在聪明的姐姐身上，拿出全部积蓄供姐姐读了重点大学，而她高中毕业就进了一家酒店当服务生。

因为工作勤奋，外形也不错，她很快升职当上了领班，薪水也翻了好几番。过了 20 岁,家人开始催她相亲,希望她早早嫁了,就不用这么辛苦。她不肯,为了反抗父母,不惜辞职去了另一座城市。

就这样,过了好几年,忽然传来她去法国进修的消息。

家人都惊呆了,担心她是不是被骗了。细问才知道,原来她这么多年来,一直在利用少得可怜的业余时间自学法语,一点点存着钱,考托福,申请大学,办签证,默默做着一切准备。

一点一滴的努力,漫长的等待,终于换来梦想中的未来。

家人问她去法国后学费和生活费怎么解决,她说,有存款,有奖学金,有手有脚可以打工,总会有办法的。

是的,我们都相信这个耐心踏实从不放弃希望和努力的姑娘,总会有办法的。

三毛说,生活是一种缓缓如夏日流水般地前进,我们不要焦急我们三十岁的时候,不应该去急五十岁的事情,我们生的时候,不必去期望死的来临,这一切,总会来的。

用心浇灌一颗种子,它总会发芽。

静静注视一朵花的开放,它总会开放。

耐心等待一个梦想的绽放,它总会绽放。

何必着急?

时日且长,日头每日升起又落下,落下又再升起。我们何不耐心等待,就像盛装打扮,走很长的路,去等待一场日出或日落。

反正它总会到来。

一切都可以来得慢一点,只要它是真的。

13 只有"自己"能对幸福负责

艾丽从香港回来,第一件事就是约闺蜜去后海酒吧。

酒吧里有一男一女驻唱,唱的都是悲伤的情歌。艾丽点了人称"少女杀手"的螺丝起子,光看着不喝,满脸忧愁。

男友毕业后去香港读研,她不找工作,不挣钱,却花爸妈的钱买机票订酒店,直奔香港,为了向甩了她的男友要一个解释。

她是个漂亮女孩,男友也是个帅哥,两人手牵手走在大学校园里时,极其养眼。周围的朋友都说他们十分登对,可惜登对永远是别人眼里的风景。

艾丽仅仅只是漂亮,学业不行,智商不高,男友却是个胸怀大志的"学霸"。话不投机半句多,学霸男友对她的不满越来越多。他嫌艾丽不够聪明,嫌她不够独立,不上进,说她是没有理想、没有自我的女人……

大三那年,男友争取到了去台湾当交换生的机会。因为

要分开一年,艾丽很不高兴。男友一心忙着准备,一句安慰的话也不说,只问她毕业后有什么打算。

艾丽撒娇,我跟着你,你去哪里我就去哪里。

男友报之以冷笑,那也要你有本事跟过去。

艾丽不明白,她的确不够聪明,没什么爱好,也没有什么非要实现的梦想,可是,这些都是不能被原谅的吗?她是个女孩子啊,难道不是天生就该被宠爱,被呵护吗?

我不想跟一个和我没有共同语言的女人共度一生。这是男友和艾丽分手时给出的理由。

足够斩钉截铁了吧。而追到香港想要一个解释的艾丽，或许真的是不够聪明。

闺蜜劝她，好好找份工作，努力生活，没有爱情你也可以活得足够美丽。

艾丽听不进去，说，以后一定要嫁一个喜欢漂亮女人的老公。

像藤蔓一样依附爱情而活的艾丽，你我身边皆有。

也常常听到这样的论调：女人是为爱情而生的，女人是感性动物，女人一定要嫁得好……甚至曾看到有人撰文，探讨文艺女青年的归宿是什么，洋洋洒洒一大篇，结论只有两个字：男人。言下之意，嫁不了一个有钱有貌有才有地位的单身男人，女人就算再美，再有钱，读再多书，有再大成就，也得不到幸福。

仿佛女人拼命努力让自己独当一面，拼命修炼成为更好的自己，仅仅是为了在爱情里如意，在一个更好的男人那里看到回报。

海米是我们这一众闺蜜当中年纪最小的一个，也是最"恨嫁"的一个。

她样貌不错，性格好，料理、家务、插花、茶艺，无一不通，学烘焙，天分奇高，不出一年已是可以拍教学视频的水平。总之,她在工作之余,时刻都在为了成为一个"好妻子"而努力,仿佛人生的全部价值就在于此。

偏偏越恨嫁,越嫁不出去。

"为什么呀?"她问我们。

我们只好反问她:"为什么这么着急把自己嫁出去?"

海米的第一任男友是大学时期的交往对象,那时她和他如胶似漆,做什么都一起,天天在我们面前唠叨她一毕业就要结婚的打算。结果,毕业了,婚没结成,男友为了工作去了另一座城市,说要分手。她不肯,为了追随他,甚至放弃已经签好的工作。不过半年,两人终于还是分了手,她只身离开他所在的那座城市,什么都没有带走。

找了新的工作,开始了新的生活,她又交了新的男友。如今,不到一年,身边男友已经换了三个,自然,她并没有找到那个可以嫁的人。

自从我们几个认识她以来,就从没见她单身过,永远在着急忙慌地恋爱,考察哪个男人可以托付终身。在她眼里,嫁人就像一个终点,所有的漂泊有了归宿,所有的努力有了回报,所有的奔波都可以结束,好比童话的结局,王子和公主从此幸福地生活在一起,不必再问后续。

若你问她有没有想过嫁人之后的生活,她会说,当然想过呀。

我们都知道她设想的生活：从此有了依靠，不必再独自一人苦苦支撑，工作遇到问题，不用再压力大到吃不下睡不着，大不了不干了，再找其他工作，就算暂时不想工作了，也没关系，反正有老公在呢。

为了这梦寐以求的安逸生活，她努力减肥，努力让自己变漂亮，努力让自己的"好妻子"技能多一些，再多一些。

我们几个闺蜜对她是恨铁不成钢。明明是一个美丽优秀的女孩，有一份不错的工作，过着不错的生活，就算失业，当料理老师、做茶艺师、拍烘焙教学视频都可以养活自己，就算没有恋爱，一个人也过得足够丰富有趣，她却总在哀叹自己人生好失败。

从什么时候开始，爱情婚姻上的缺失已经可以用来定义一个女人的失败了？

大学一位学姐，读书极有天分，志在成为专业领域的研究型学者。她读完研究生，打算继续读博深造，谁知这个决定换来母亲一通哭天抢地，"你再读下去，哪个男人还敢娶你？"

学姐很难过，自怨自艾地说，为什么嫁人比做自己想做的事更重要？为什么找到一个男人比实现自我的价值和事业的成功更重要？

庆幸的是，她没有妥协，以一股发狠的劲头告诉母亲：哪怕一辈子不结婚，我也要做我想做的事！

读博期间，她申请到国外一所名校的访问生名额，出国不久，又在那边参与了一个研究项目，与担任助手的欧洲留学生相恋，事业爱情两不误。

女人的归宿是什么？不是男人，爱情，家庭。
女人的归宿，是她自己。
任何人的归宿都应该是自己。
人这一辈子，山迢水远走到最后，都只是"自己"两个字，能对你的幸福负责的，也只有你自己。
你当然可以追求爱情，但要在独立、自由、快乐、骄傲的前提下，找到一个和你并肩、与你对话的人。
否则的话，请你回过头来修炼自己：旅行、读书、处理工作及家事，追求梦想，实现价值，存足够的钱，为自己一掷千金，滋养自己的容貌、生活和心灵。
因为这个世界给予女人的资源、对女人的要求和对女人价值的评判标准，并不公平。它要求你像男人一样努力生存，竞争，奋斗才能出人头地，却在同时又要求你不必那么努力，要甘居于男人之下，才能受到青睐。
女人，这才是你要拼命修炼自己的原因——
为了有朝一日，你有更多的选择，有对人生一切不合心意的选择说"不"的权力。

14 "人生若无悔，该有多无趣"

护肤品新品研讨会上，市场部和开发部的人各自提案，讨论整个系列的定调、名称和相应的卖点。

在一家几乎全是女性的护肤品公司，他身为市场部的新人，第一次提案。幸好这次开发的是男性护肤品，所以他提出了自己觉得很帅气的定调风格，瓶身设计成凸起的纹路和形状，一定会让男性用户心动。

本是自信之作，谁知市场部经理完全没理会他的提案，直接否决，采用了另一个走简洁风格的案子。

这样一来，的确很稳妥，但和以前的护肤品包装有什么区别？

他愤愤不平，觉得经理没有眼光，让自己难得的才华被埋没了。如果只是延续之前的风格，还费什么劲开发新品？

那几天，他每天上班迟到，交代的工作也提不起精神干。

终于被经理叫到办公室。

"我知道你是因为自己的提案没有被采用,在闹脾气。但你怎么不试着想一想,我为什么没有采用你的提案?为什么没有被你说服?你真的以为是我没有眼光?"

他的确这样以为,但细细一想,的确,他的提案还不够完善。他回去找了相熟的设计师朋友,请他帮忙设计了整个包装,又找了一家工厂,做出了小支样品,呈交给经理。看起来效果相当好的包装瓶,受到了经理的赞赏,但他的想法却再一次遭到否决。

"成本控制呢?这么复杂的包装,成本怎么下得来?"

经理冷冷一句话,把兴奋的他打回原形。

他不服气,在办公室熬了一周,翻阅了无数资料,和许多家工厂联系,在保证质量和数量的前提下,终于成功找到将成本控制在预算范围内的办法。

经理终于接受了他的提案。

新品发布有条不紊地进行,请了代言人拍广告,联系商场,铺订货渠道,策划活动。经理把确定赠品的事交给了他,那段时间,他沉浸在提案被采纳的喜悦之中,完全没将区区赠品的事放在心上,到了该提交方案的那天,被经理一问,才想起来。

经理十分生气:"这可是你自己的提案,你怎么这么不上心！"

他虽然觉得惭愧，却也觉得经理小题大做。

"你一定觉得我小题大做吧？"

他吓了一跳。

经理叹了口气："我承认之前我太过保守，不敢冒险，你提出的方案真的很好，而且又有成本控制的方法，所以我觉得冒一次险或许也可以，这才接受了你的想法。但这真的是一次全新的尝试，虽然市场调查效果还不错，但实际投放市场又是另一回事，我希望把每个环节做到完美，尽量减少风险，你明白吗？不要小看一个赠品，做得好的话，很可能大大推动销量。"

他沉默下来。

"你只是公司的一位普通的职员，对你来说，假如这次新品发布失败，你可能觉得这是没办法的事。我不一样，我是负责这个项目的人，我必须对公司负责，对整个市场部的人负责，甚至对我们所有的渠道商负责。你可以指责我过于谨慎保守，却不能指责我为了降低风险而做的任何努力。"

他站在那里，惭愧得简直想把自己的头扎进地下。他从来没有想过这些，一直觉得经理没有眼光，只会考虑自己的利益，没想到身为领导层，必须担负的是一个如此重大的责任，他总是觉得自己已经把工作做得很好，如果结果不好，那也没办法,却从没有为了让结果变好去努力。之前那熬夜的一周时间,也纯粹只是为了争一口气。

但是,那口气的确争得痛快极了。

他想起大学时参加篮球比赛,还没进决赛,他们的队伍就输了,却没有留下遗憾,因为真的拼命努力过了,他尽了自己的全力,打得酣畅淋漓。赛后,几乎虚脱地倒在地板上,觉得体育馆里的灯光照在身上,格外美好。

宫崎骏说:"可以接受失败,但决不接受从未努力过的自己。"

最痛苦的事，原来不是失败，而是在本该尽全力的时候，没有用尽全力。那种懊悔、不甘心，想把自己狠狠抽打一顿的糟糕感觉，简直堪比地狱。

此后，他痛下决心，花了大心思做出来的赠品方案，大获成功。不少用户为了得到精美的赠品而买下产品，最后，限量版的赠品赠完后，掀起不小的话题，网上甚至有很多人表示，为了得到传说中的赠品，愿意花钱购买。

他拿到了奖金，在公司的庆功宴上被点名上台讲话。但所有的荣耀，都比不上那种尽力之后发自心底的舒心感觉。

我中学时代有一位英语老师，她曾说过，她是听从父母的想法念了师范学校，成为一名老师，但她的梦想其实是去国外当同声翻译。我记得很清楚，她是个白皙美丽的年轻女孩，夏天穿着白裙子，戴着大大的遮阳帽经过我们身边时，就像仙女一样。我曾经想象过她站在地中海海滩，漫步塞纳河，在伦敦广场喂鸽子的情景，想必会比现在更美。

可是后来，她听父母的话，相亲，结婚，生子，逐渐从一个清新脱俗的女孩，变成一个普通到不能再普通的女人。我想，她大概会在讲台上站一辈子，到老时，儿孙满堂，或许会去地中海和塞纳河边走一走，然后遥遥记起当初的梦想，无声叹息。

王家卫在《一代宗师》里说:"人生若无悔,该有多无趣。"

但若是放着悔恨在身体里、心里生根发芽,不曾为了最想要的生活纵身一跃,人生大概会更无趣。

并不是说当翻译才更牛,当老师就不好,而是,你有没有拿出一点点努力,去接近你想要的。

人的一生,有多少事,真的不愿求结果,只求尽情尽兴。

爱情,事业,梦想,无非都是求一个自以为是的圆满,自己给自己一个交代。

不计代价地努力一回,不计后果地燃烧一回,哪怕一败涂地,也比该做的事没有做,好一百倍。

所以,很喜欢村上春树讲的这段话:"我或许败北,或许迷失自己,或许哪里也抵达不了,或许我已失去一切,任凭怎么挣扎也只能徒呼奈何,或许我只是徒然掬一把废墟灰烬,唯我一人蒙在鼓里,或许这里没有任何人把赌注下在我身上。无所谓。有一点是明确的:至少我有值得等待值得寻求的东西。"

无所谓的心境,绝不可能在你什么都没做的时候达到。

非得榨干身上最后一滴汗,用尽最后一丝力量,你才能对任何结局潇洒说一句:无所谓。

15 每一步好坏都由你决定

一位旅游狂人，探险爱好者，习惯在工作之余，独自去野外探险。没有被开发的大峡谷，草原，森林，沙漠，这都是他喜欢的冒险之地。

或许是因为对自己能力的自负，也或许是为了保持探险的纯粹性，他从来不对任何人透露自己的行踪，包括父母，恋人，最好的朋友。他常常会在假期的时候突然消失一阵子，然后又突然回来。身边所有的人都已经习以为常。

那一次，他去了心仪已久的峡谷，徒手攀爬至岩石山顶，轻而易举穿梭在庞大复杂的地貌间，你能看出他对自己身体和头脑满满的自信和骄傲。

然后，悲剧发生了。

他不小心跌入山石之间一个狭窄的缝隙，更要命的是，一块落下来的大石头将他的一条手臂死死卡在了石头和山壁之间。

98 世界那么大，我想去看看

从被卡住，到最后自救成功，整整127个小时。他放弃无数次，挣扎无数次，懊悔无数次，无数次想到死亡，无数次拷问精神，无数次审视人生，最终自己生生用小刀一点点切断了手臂，忍痛爬到谷底，步行8公里走出峡谷，这才终于获救。

这是电影《127个小时》的情节，也是一个冒险爱好者真实的经历。

电影中主人公拷问精神，审视人生的那一段格外精彩。

他想，自己怎么就走到了今天这一步？

自负，骄傲，无人区的孤独者的冒险，正是这些他看得太过重要的无聊东西，使得他在遇到危险时，没有任何人能够救他。大自然如此庞大，人类如此渺小，一块石头就足以让他丧失所有希望，而他先前竟然一直以为自己是征服者。

那块石头，其实一直等在那里。从他出生的时候就等在那里，等着在今天，在这一刻，从天而降，粉碎他的狂傲和无知。

这不是一次偶然，不是意外，不是天灾。

不是的。

这是人祸，是他终将经受的障碍，只要他还喜欢探险，只要他还是那个轻狂自负的男人，他就无法逃避。

就像米兰·昆德拉说的那样："永远不要认为我们可以逃

避，我们的每一步都决定着最后的结局，我们的脚正在走向我们自己选定的终点。"

那阵子，她负责和客户洽谈一个项目。公司对这个项目寄予厚望，叮嘱她务必拿下。她的成单率一向很高。公司当然是信任她，才把这个项目给了她。

而她的一贯而有效的做法是：研究客户的喜好，然后投其所好。

她约这位客户吃过一次饭，去过一次高档会所。但对方看起来对这种场合并不感兴趣。后来她调查到对方有收藏癖，而且专爱收藏各种稀罕的器皿。于是专程请这方面的朋友物色了一些，当做礼品送给客户。

客户果然很高兴，坐下来细细研究了半天，又和她聊一些相关的历史和收藏价值。见她一味附和，不怎么说话，客户皱起了眉，"这些东西你专程来送给我，自己却不懂其中门道吗？"

投其所好的结果是，客户对礼物满意，却对她生出诸多不满。一个大项目就此谈崩。她没想到这位客户是这么任性、感情用事的人。仅仅因为她不懂门道，就终止合作，这也太荒唐了。

她不甘心，特意又再找到他，希望他重新考虑。

客户很诚恳地说，他考虑得很清楚了。

"说实话，我之所以终止合作，是因为你这个人。这个项目需要注入大量文化内涵和情感内涵，需要能够感染人内心的东西，而你的眼里只有功利，只有合作的成败，项目所带来的收益，以及给你自己的职业生涯带来的好处，我不认为由你所在的公司负责，能够做好这个项目。"

因为大项目谈崩了，她被扣款，又被降职，好几年的奋斗，回到了原点。

她从来都不知道谈成一个商业项目需要有文化内涵和情感内涵，她所知晓的只有最简单的方式，和客户搞好关系，投其所好，再不行，她还有在酒局上千杯不醉的功夫。

因为不想念书，她留级好几次，终于还是没有上大学。高中一毕业就开始当销售，从一个底层的销售员做到销售经理的位置，凭的完全是过人的天赋，有眼力，会说话，会喝酒。她一直以为这是真理，而她也的确是靠着这套真理一步步走到今天，和文化素养情感内涵真的半点关系都没有。

重新回到销售员的位置，她忽然觉得，或许这一场挫败早晚得来。即使现在没遇上，将来肯定也会遇上。因为自己的确不具备能够搞定这种大项目的智慧和气场。哪怕她现在靠运气当上了销售总监，总有一天也会出同样的洋相。

是祸躲不过。她曾经逃避了读书的命运，但社会终究以另一种教师的身份，给她更多当头棒喝；也终究变成另一本书的模样，让她阅读终生。她或许可以逃开上课的命运，却绝不可能逃开学习的命运。

她想要学的东西实在太多了，她不能满足于仅仅当一个会喝酒、会讨好人的销售经理。她还想见识更多的人，更大的世界，想去见识那些站在顶点才能看到的风景。

还记得《127小时》的电影结尾：失去了一条手臂的探险爱好者，最后成了探险家。

这真是最好的结局。

他没有因为一块石头的阻挡，没有因为这场悲剧的遭遇，就此失去勇气，放弃人生最大的爱好和梦想。

一块石头，是障碍，同时也是力量。

当他战胜了它的那一刻起，它就已经超越了这个障碍，并且记住了它赐予的血淋淋的教训，以此为踏板，走向更广阔的世界。

所以，米兰·昆德拉说的没错，永远不要以为你可以逃避，每一步，都在走向你自己选定的终点。

而且每一步，都由你来决定好与坏。

16 路长，不过34码的脚步

陈小小提着一罐啤酒把我叫到顶楼，夜晚的风吹起来很舒服，她的影子被灯光反射得高大修长，像是不会倒下的巨人，可是真正站在我面前的陈小小却是一个身高连1.5米都不到的姑娘，穿34码的鞋。

陈小小是人潮中最不显眼的那种姑娘，相貌普通，个子小小的像没长开的初中生，但是好在成绩优异，性格乖巧，所以一直以来也算是顺风顺水。可是从来没有喝过酒的她却喝完了一整瓶啤酒跟我说她要走。

我听说过很多人信奉的说走就走的旅行，被过分渲染成灵魂的救赎，一条朝圣之路，可是在我看来，做出这个决定的可以是任何人，却不是陈小小。

陈小小的成长像温室中最精心培育的花卉，承载了太多希望，所以需要更多的呵护。她一路走来，读最好的学校，取得最好的成绩，毕业以后找到顺遂的工作，听说最近准备在家里的安排下进行几次相亲，找一个门当户对的男人，过安稳的一生。

所以辞掉工作准备离开的陈小小在我看来不过是乖乖女的一次心理叛逆罢了，甚至心里有些不甚唏嘘。

陈小小太身在福中不知福了，拥有着许多人羡慕并且渴求的一切，却偏偏不知足。

可是她认真地对我说："我不是矫情、文艺还是什么的，我只是想趁着我还走得动，眼睛还明亮，看看这个听说很美的世界是什么样的。"

原来每个人都羡慕的，不一定就是好的。

几乎在所有人惊诧和不解中，陈小小收拾收拾行囊就走了。她在朋友圈里把网名改成了陈三毛，她说三毛是个很酷的女人。

走之前，陈小小把个性签名改成了"路再长，也长不过34码的脚步。"

土地给了她力量。

陈小小隔段时间就会给我发一些图片或者邮件，我觉得她变美了，以前的她躲在身边的人为她筑起的保护罩里弱不禁风，像我们现在看到的很多姑娘那样。

她们化精致的妆，厚厚的粉下面是表情僵硬的脸，她们

16 路长，不过34码的脚步 105

在世俗的大流中自认为美好地活着，朝九晚五，讨好上司，和同事勾心斗角，她们不知道名著的作者和祖国的山河，但是她们总是能一眼识别女同事的衣服来自哪个百货市场，她们穿着高跟鞋游走在尘世间，爱情是手里的车钥匙和房产证。

可是陈小小变得不一样了，她在尼罗河被晒黑了许多，不再化妆，却在阳光下笑得一脸阳光灿烂，以前的陈小小喜欢买很高很高的高跟鞋来弥补身高的不足，可是现在的她好像已经不再自卑，因为她穿着帆布鞋站在一堆高个子朋友间也显得很出众。

土地让人觉得有安全感。

陈三毛带着她34码的脚步丈量着这个世界。

她说她看到了这个世界的一部分，它们让人喜爱也让人憎恶，她围着篝火和一群陌生的人跳舞，吃最鲜嫩的羊肉，她说那是最原始的滋味和快乐，比起在昂贵的西餐厅里吃的牛排多了生命本真的水分。

我大概相信了她。

因为看多了周围的虚与委蛇，她的笑容很快乐。

最近陈三毛在鄱阳湖观鸟的时候邂逅了来自英国的荷西，一米九的大汉旁边依偎着一脸甜蜜的陈小小。她在邮件里邀请我去参加她的婚礼，居然是在山顶上举行。

这个温室里开放的花朵，在土地上扎根，长成了大树，并且即将变得更加强大。

当初陈小小带上行李选择离开的时候，几乎遭到了所有人的反对，甚至连她认为亲密的我也是嗤之以鼻。不过好在她有足够的勇气和毅力。

我们总是对安稳的现状存在不切实际的幻想，一边渴望独一无二不可复制的精彩人生，一边苦苦追求寻觅的却也是自己最嗤之以鼻的东西。我从来不认为陈小小是个文艺的女青年，她不会写诗也不会弹吉他。

有些人穿着长裙子以为去一次古镇就是找到了灵魂。

却不知道精彩是土地赠予那双光着的34码的脚的礼物。

祝福陈三毛。

17 遵从内心，往前走

据说，世界上有一种鸟，生下来就没有脚。它的一生都在努力地飞行，即使累了也只能休息在风里，而不是像其他的鸟一样，可以停下来，找个舒适的地方停靠。因为它一生只能有一次下到地上来，那就是死亡的时候。

他说，他就是那只鸟，所以他必须一直往前飞，不能停下。

他是我一个很久都没有见到过的朋友，只是偶尔从他的社交软件动态中，可以找到他的踪迹。

他的踪迹总是不定，像是信马由缰的野马，又像是振翅游走的飞禽，永远都在漂泊的状态中。他说，他喜欢那种状态，一路追寻着夕阳的足迹，一直向西，行走。

他喜欢夕阳下的美景，所以这么多年来，他一直处在不停的行走状态中，不断地追寻着不同地方的夕阳美景，不停地用双脚丈量着脚下的路，用自己手中的相机记录着夕阳的美丽。

他的镜头下出现过很多风景，有满目白色的雪，有面容模糊的人，有简单的饭馆，有精细的手工艺品。

很多人好奇他会将镜头对准这些东西，而且很多手工艺品上甚至还有中国的文化符号。他的回答让我们很诧异，但也很敬佩——原来，在这些有趣的馆子里，曾有过他劳动时洒下的汗水，而那些明显带着中国文化符号的手工艺品，则是他在空闲时间里创造的产品，卖出去，可以增加自己的收入。

他就是这样靠着一路的行走、打工，追寻着自己心中的梦想。后来，他上传了一大段视频，视频中的他乐观、开朗，虽然皮肤明显地黑了，还掩饰着挥之不去的沧桑身影。

再见他,是在国内一个小规模的全国巡回展览上了。在休息室里,我们围着一个小小的圆桌,我的面前放着一杯用纸杯装着的纯净水,在他的面前则是一个跟随着他走遍所有地方的搪瓷缸,旁边竖立着一只保温壶。

这是他的重要装备。

看着搪瓷缸内壁上挂着的厚厚的垢,我很容易想象出,在这么漫长独自漂泊的岁月里,他是怎样用这只搪瓷缸充当着茶具、餐具,甚至是遇到下雨天时充当接水的应急容器的。这一点也是他在闲聊中提起的,他的帐篷用的久了,有的时候会漏雨。

在我出神的注视中,他平静地端起搪瓷缸,吹去漂在水面上的几片茶叶,缓缓地呷了一口茶。在国内的时候,他很喜欢喝茶,他说,喝茶能让他体会到回到故土的感觉。

每天早晨,他都会在起床之后,捏一撮儿茶叶,放在搪瓷缸里,冲水,然后做其他的事情。就在这过程中,叶片在水中伸展、翻滚,在水面上吸足了水分后慢慢地沉入水底,释放出浓浓的茶色。

这个时候,他已经能够坐下来,等着大部分茶叶都沉入水底之后,缓缓地品茶了。他端起搪瓷缸,推推架在鼻梁上的眼镜,再顺手抚一下鬓边的头发,把搪瓷缸放在唇边,"咕噜"呷一口茶水,让它在口齿、舌膛间打个转儿,让涩涩的味道沾满整个口腔,最后才一下子吞咽下去,润湿久久没有浸淫茶香的食道、胃肠,直至通透了心肝脾肺肾等五脏六腑。

每当这个时候,他总是表现出一副很享受的样子。

这一次见面,即便是我坐在他的面前,他也没有表现出丝毫的改变,依然是呷一口茶,慢慢地在口腔里打一个转儿,滋润自己的唇齿舌腔喉,然后慢慢地下咽,直至滋润了自己的五脏六腑。然后,慢慢地以同样的过程喝进第二口。

他是个话不多的人,而且很能耐得住寂寞。也正因为这个,我们——他的朋友们——从来不担心他的精神上会出现什么问题。当我们聊到这个问题时,他哑然失笑,轻轻地说了句:"怎么会!"

我明白,在他的心中,一直都存在着一个难以安抚的东西。正是这个难以安抚的东西,让他一直处在旅途中,以自己的行走极力让它得到满足。在我们看来,这种东西完全可以被冠以"奢望"的字眼,而在他看来,它则是彻彻底底的"梦想"。

聊来聊去,我们就聊到了他的这次旅行,以及下次可能的方向。他轻轻地摇摇头,没有说话,只代以浅浅的微笑,他从来都是这样,并不会明确说出自己的计划,并不是他的城府有多深,其实他也不知道自己的想法。甚至头一天还在跟我们一起嘻嘻哈哈地聚会，第二天就已经踏上了新的旅行。

我们都已经习惯了从公司到家"两点一线"的状态，至多会在假期来临的时候，安排一次短途旅行，其余的闲暇时间，全部浪费在看起来毫无价值的事情上，甚至还美其名曰"夜生活"。这个大城市生活的精彩部分，我们都早已习以为常的生活内容，却在他的面前，显得扁平、苍白而又黯然失色。

我问他，你会感觉累吗？

他说，当然会感觉到累，有的时候真想立刻结束行程，回家。但回到家乡之后，过不了多长时间，就又会非常怀念那种"在路上"的感觉，恨不得马上远走他乡。

我问他，你会选在什么时候结束这种漂泊的状态呢？

他先是轻轻地摇了摇头，才轻声地说，我就是那只没有脚的鸟，我停下来的时候，也就是我再也走不动的时候。然后，我会找个安静的地方，用笔继续这种旅行，记录下我这么多年积淀下来的东西。

我不禁哑然，哑然之余又不禁有些汗颜。这么多伙伴中，他是唯一一个能依从于自己的内心，能够在想法出来之后就立刻去实现的人。

有些人的灵魂只有在行走中复苏，他们在众人或艳羡或质疑的目光中反反复复地确定方向，找到位置，然后迈开步伐。

有人质疑旅行不过是为了在朋友圈里秀优越，换汤不换药地装模作样罢了。

我想他们大概从没有过那样的感触，为了一种理想的生活状态，不到万不得已绝不停下脚步。

我想他们应该不会了解这样的感受，因为他们一半的时间用来挣扎在庸常的生活中，而另一半的时间则用来质疑一种自己永远无法实现的生活状态。

他还会往前走的，像那只不会休息的鸟一样。

18 丑小鸭也能发出自己的声音

十八岁的时候，我最羡慕的人就是我的堂姐。

每个女孩在成长的过程中总有一个无法打败的敌人，她像一面永远沾不上灰尘的镜子，无时无刻不在提醒你的卑微你的不足。

堂姐就是我的那面镜子，她越是光鲜亮丽，越是衬得我几乎低进尘埃里的卑微。

她生得好看，大伯和大伯母最好看的眉眼全部遗传给了她，大大的眼睛一笑起来好像装得下世界。连作为女生的我都曾经无数次地在那双眼睛的注视下紧张得失语。堂姐的嘴抿起来是好看的心形，连妈妈也经常感叹，的确是没有争议的美丽。

有了这样的对比，本就普通的我在反衬下显得更加不值一提。人的视线只有一个范围，自然而然就看向最美好的一个。

偏偏大伯家的家庭条件也是整个家族里最好的，当我还缠着妈妈要玩具的时候,堂姐已经在大伯母的带领下去各个省市领略风土人情。

人们往往以为相貌靠天生,殊不知真正的女神是靠时间和精力养出来的。

堂姐几乎成了我整个青春期的阴影。

那些隐隐约约难以启齿的嫉妒也成了青春期长久困扰我的情绪。

堂姐品学兼优,稳稳当当地考上最好的大学。青春期长开的她出落得更加漂亮,一双笔直修长的腿藏在做工精良的短裙下,气质卓然,不轻不重的笑容更是恰如其分,连日月都失了魂。

而当时的我正在矫正牙齿,根本不敢裂开嘴笑,生怕露出一整排的小钢牙,黑框眼镜架在鼻子上看起来又傻又呆,因为妈妈每天的爱心鸡汤,腿看起来硬生生地粗了好几圈。

如果是堂姐以前只是我心生向往的美梦,那后来,却几乎变成了我逃也逃不开的噩梦。

我开始有意地去模仿她。我太渴望那些光芒了,我羡慕那些好看的男孩子直直投向堂姐的目光,羡慕逢年过节亲戚对堂姐不绝于耳的夸奖,羡慕堂姐不费吹灰之力就能取得的好成绩,羡慕她拥有的一切。

可是不是每一只丑小鸭都能变成白天鹅。

我开始为了减肥节食,却因为胃溃疡住进医院小半个月,本来不够拔尖的学业落下一大截。我强行取下牙套,却被妈妈发现差点挨揍,我学着穿高跟鞋,歪歪扭扭不但走不出好看的女人味,还扭了好几次脚。

我终于看清楚。丑小鸭就是丑小鸭,童话书都是骗小孩的。

释然后的我眼里好像突然看不见一直困扰着我的堂姐。

我砸碎了这一面虚假的镜子,终于决定堂堂正正地面对

自己。我要做我自己，不以任何人为参照物。

堂姐去国外留学期间，我考上了一所不算太差的大学，我没有蓄曾经最羡慕的大波浪卷发，还是一头清清爽爽的短发，却突然开始有眉目俊朗的男孩子同我说，你真好看。

我还是没学会像堂姐那样弹那种三角钢琴，比起轻音乐，我更喜欢激烈的架子鼓，有人找到我请我参加演出，穿上好看的演出服，我突然认不出自己。

那是一个好看的姑娘，她在对我笑。

我开心地和她拥抱，真好，现在的自己。

结婚后我带着老公参加堂姐的第二次婚礼，这些年来断了联系，只是听闻她的日子过得不甚顺心，婚姻出了问题，看起来老了一些。只是美人始终都是美人，眉眼还是美，远远地超过我。

我开玩笑地问身边埋头苦吃的丈夫，堂姐比我美多少。

老公咀嚼着食物反过来问我，堂姐长什么样，只顾着吃，忘了看。

我失笑，突然想告诉曾经在自卑中恨不得把头埋进尘埃里的自己。

丑小鸭，也可以发出自己的声音，她说你很好，你听见了吗？

19 和时光奔向想要去的地方

我们像一颗无意中被撒入泥土的种子，生根发芽。

鲜活，而又实实在在。

时光不容许你讨价还价，该散去的，终究会不再属于你。

所以，经常有人感慨着青春的逝去，那些美好的年华就在人们的不经意间，从指缝、脸颊、发梢，甚至一丁点的悲伤中，倏然而逝。

所以才有人感怀青春的美好，正像感怀青春的易逝一样。

所以才有人说，"青春就是拿来挥霍的"。

所有才有人说，"再不疯狂我们就老了"。

可是青春年华哪里又是这些条条框框就能定义的呢？

青春不是想当然的疯狂和放肆，更不是畏首畏尾地不敢前行。

真正在生命中放声歌唱的人，他们懂得如何与时间和平共处。

大学总是一个特别的地方，外表再端庄的女孩子，心里也一定住着一个性格刚烈、敢作敢为的男孩子。我们宿舍老二就是这样，刚刚熟识就自称"二哥"。

了解得深了，才发现"二哥"从来就是个不同寻常的人，虽说她性格大胆豪放，明显的外向，但做起事情来却又能显出女孩子特有的那份细腻劲儿来。她像是一个潘多拉魔盒，每一天打开来看，都能给我们新的惊喜。

"二哥"很嗜睡，每天上课前都要费尽心思赖床到最后一秒，或者干脆把课翘掉，更遑论早起去图书馆自习。一到期末，寝室的人相约在情人坡复习时，被硬拉去的"二哥"就坐在草地上啃烤红薯。

她从不在意成绩名次，可是她却始终名列前茅。

她是个太聪明的女孩子，她可以去更好的地方。

直到后来，我们才从"二哥"的同学、同乡那里得知了事情的原委。原来，"二哥"整个高中时代，都是当地学校的骄傲，都是一块叫得响当当的"金牌"，活泼开朗，品学兼优。可是这块完美的瓷器，却出现了裂痕。

高三上学期快要结束的时候，一向大大咧咧的"二哥"，竟然不可救药地喜欢上了复读班里一个长相平凡的男生，并且很快成为全校师生眼中的"奇闻"。要知道，像"二哥"这种学习成绩又好，长相又出众的小女生，自然身边少不了献殷勤的人，偏偏入了眼的是其貌不扬的那一个。

  这种事情的结果，不说也明白，自然是家长、校方的联合规劝，围追堵截，因为谁也不想失掉这个为自己争得颜面的"好苗子"，谁也不想二哥就此"堕落"下去。因为这段突然出现的变故，已经改变了她的学习，让她的学习成绩一落千丈。

  现实总是残酷的。

  巨大的压力面前，复读班的男孩子先撤退了，但也因此受到了影响，报考了一个离"二哥"远远的地方院校，而

"二哥"也因为这段变故,最后考到了我们这么个不起眼的二流院校,与她本来能考取的、人人艳羡的清华北大,相去甚远。

在人人都为她可惜之时,"二哥"作为当事人却从来不以为然,她说她从来不后悔,在青春最烂漫无畏的年纪,爱过,就算爱不得。

那也是年轻的勋章。

谁说只有名列前茅,前程似锦才叫作无愧于青春。

大学时光是美好的。

大学时光又是易逝的。

在那些没心没肺的笑容中,四年时光很快就过去了。

我们或者考研，或者直接工作，再到后来结婚生子，彼此间的通话频率从一周几次减为一周一次、一月一次，直至一年、两年都难得再联系一次。

我们曾经分享过彼此最隐秘的心事，了解过彼此的一点一滴。可是我们终究被风吹散，散落在天涯。

如果不是那张远道而来的明信片，我很难再从忙碌的生活中分出心神来想起曾经那个快乐得可以恐吓太阳的姑娘。

看着手中明信片上的地址，特罗姆瑟。

我第一次听说这个名字，是在某次的卧谈会上。我已经记不得那天晚上我们究竟聊了些什么，但我记得那天晚上，有一个姑娘说起她的梦想，她的眼神，像是在沙漠中开出的玫瑰。

那个姑娘就是一向大大咧咧的"二哥"，她看着我们每一个人，对我们说起这个叫特罗姆瑟的北欧小镇，她说那里有美丽的北极光，她说那里是她的梦。那时的我们只是笑，因为我也曾经渴望去普罗旺斯看一场薰衣草的盛宴。

可是现实毕竟是现实，"二哥"家境普通，往返北欧的机票费用贵得让人咋舌，而就算有朝一日有力奔赴，也因琐碎的生活磨烂了一颗盲目追寻的心。更何况，那时的"二哥"比我更不如，甚至连北方都从未去过。

随明信片一起寄过来的还有几张照片，"二哥"抱着吉他，和一群当地人围着篝火，有人在跳舞，"二哥"又笑出了她的虎牙，那是我们用多少保养品都留不住的灿烂。她不害怕时间，所以时间不会伤害她。

我突然想起那个时候，在我们每天计划着要去哪儿去哪儿时，"二哥"是不太参与的，她买了一把吉他，唱些奇奇怪怪的歌曲，现在想来，当时她嘀嘀咕咕的大概是挪威语吧。而如今，我带着孩子，哪里都不再前往，她却站在北欧的小镇上看极光。

就像我们每天都在为流逝的青春和时间讨价还价，而那些像"二哥"的人，他们却已经和时间一起奔向了想要到达的地方。

20 是什么留住了你的脚步

《牧羊少年的奇幻之旅》中有这么一句话：当我真心追寻我的梦想时，每一天都是缤纷的，因为我知道每一个小时，都是在实现梦想的一部分。一路上，我都会发现从未想象过的东西，如果当初我没有勇气去尝试看来几乎不可能的事，如今我就还只是个牧羊人而已。

只是有些时候，你所坚持的，并非就注定是你的。

如果一个人，坚持十年作画却没取得什么成果，最后才不得不放弃，这样的人是不值得怜悯的。放弃得太晚，白白浪费了几年时间。

如果一个人学医一年，便以没有天赋为由放弃，这样的人也是不值得称道的。放弃，只是放弃了不适合的，放弃得早，或者放弃得刚刚好。

几乎每一个人都听到过梦碎的声音，有的长吁，有的短叹，而更多的则是太多的迷茫和心痛。如果非要为这醉生梦死找寻一个理由，那就是每个人都坚持了不该坚持的东西。

人生最自在之处就是懂得何时该舍，何时能得。不盲目才能为智者。

求之不得是最折磨人的事情了。

一件物什，越是无法得到，人们便越会想方设法地去追寻；越是容易得到，反而越容易被搁置到脑后，几乎忘了它的存在。或许，这就是大部分人的通病吧。也正因为如此，世间才会痛苦的人居多，快乐的人较少。

不过，也有这么一部分人，他们的坚持只有几秒、几个小时、几天或是几个月的时间，最后便将这些不适的东西抛之脑后，然后再花几秒、几个小时、几天或是几月的时间去寻找，直到找到一个让自己心神舒畅的地方，才会停步下来，并在这个地方生根发芽、开枝散叶。

最后，求之不得的人受尽百般折磨，一边哀嚎着心痛，一边继续追寻那遥不可及的梦。而适时放弃的人，则及时享乐，一边饮着美酒，一边讲述着最美的传说。

世间万物，并不是只有坚持是对的。

文学工作者都是疯子，这是我的好朋友小鱼从业以来最大的感受。

初中时，小鱼就写过两部超过十万字的小说。当然，最后并没有像韩寒、张小娴那样出版发行，甚至读者也就她周边的寥寥几个同学。

小鱼喜欢将自己的文字拿给别人去读，观察他们的反应，聆听他们的意见。在做文章上，她喜欢被夸奖，更喜欢听建议，而在其他事情上，她不喜欢被赞美，也不喜欢被批评。

当时只记得她的两本书，一个理想一个现实，一个幸福一个哀伤。

这两本小说只是记录了小鱼的生活，并且被小鱼夸大了许多。她也从没有出版的想法，毕竟她的梦想从来就不是当一名作家。所以直到今天，那两本小说还都被搁置在小鱼的书架上。有些时候，我也会拿下来翻上几下，看看里面的文字，然后再给小鱼提出一些自认为可行的建议。

我相信时间是有记忆的，它能够记住你的好，也能为你安排合适的路。

小鱼是影视专业毕业的，最终却走上了写作这条路。只是现在的脑袋再也没有以往的天马行空，或许不是没有，而是不敢。

小鱼毕业初期，显出一副"初生牛犊不怕虎"的模样，

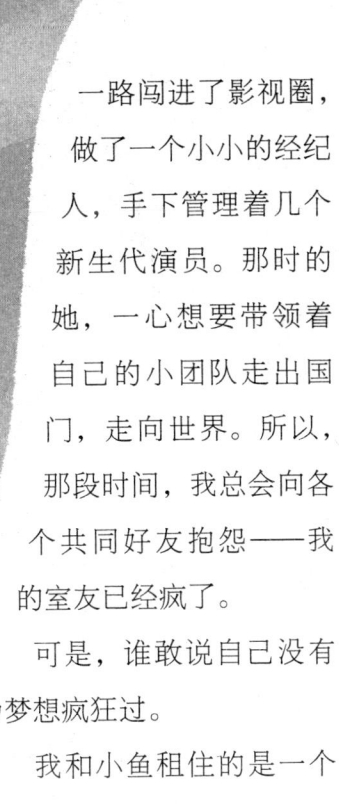

一路闯进了影视圈，做了一个小小的经纪人，手下管理着几个新生代演员。那时的她，一心想要带领着自己的小团队走出国门，走向世界。所以，那段时间，我总会向各个共同好友抱怨——我的室友已经疯了。

可是，谁敢说自己没有为梦想疯狂过。

我和小鱼租住的是一个两居室。有时候，睡得浑浑噩噩的我，还能够听到小鱼的开门声；半夜起来上厕所，还能看见小鱼坐在沙发上，一手端着咖啡，一手拿着电话和演员、导演聊着天。有些时候，我就问她："八字没一撇的事儿，你这么认真值吗？"

小鱼很奇怪地看着我，说："如果不认真的话，又怎么知道值不值呢？"

就这样，她那段时间的作息，是在凌晨两三点钟入眠，早上六点钟准时起床，然后在我还没有洗漱的时候，就提包出门了。

很多时候，我看着摇晃的门帘在想，小鱼可能被什么妖魔附了身，否则哪有三四个小时的睡眠，就能让她一整天像打了鸡血似的。

直到梦碎的时候，我才知道，她的梦真的来过。

小鱼的这种情况持续了将近两个月。直到一天晚上，小鱼喝得酩酊大醉，我从被窝里爬出来，给她倒热水，帮她脱掉弄脏的衣服。

小鱼就窝在沙发上，那个被她当作工作台的地方。她把头深深地埋进去，问她怎么回事，她也不说。

就这样，我陪着她坐了一夜。

第二天六点，我看着小鱼，思量着是叫她上班，还是让她再多休息一会儿。我刚一挪动身体，小鱼便说道："你去睡吧，我已经不用上班了。"

我惊愕地站了一会儿，又呆呆地坐下。

不知道怎么回事，我不是小鱼，却也尝到了心痛的滋味。

小鱼辞职了，是那种不情不愿的离职。

一上午，小鱼都保持着同一个姿势，我向公司请了假，在家静静地陪她。

她说："你知道吗？当我跨入这个圈子的时候，我就没有想过有退出的一天。"

我理解小鱼的这种心态，就好比你看到了一座漂亮的雪山，却无法到达一般难过。事情没有发生，谁都没有未卜先知的能力。

我坐过去，拍了拍她的肩膀，假装很轻松地说："没事，我们再重新找呗！"

"哪有那么容易？我的那些艺人，我的设计图，我的那些梦，都将随着这次的辞职而远去了。"

她擦了擦眼睛，接着说道："我想，离开或许是好的，或许我本身就不适合这个职业。只是不甘心罢了。我曾经是那么投入，最后却换来了离开的结局。"

是的，她一直是那么投入。记得有一次，深夜零点已过，她还没有到家。我担心她一个女孩子在外会有什么危险，于是便打电话给她。

当时,她正在一个制片人的门外。这个制片人因为要赶早上五点的飞机,早早睡了。她为了让自己的演员上戏,便决定在门外等候。她用一夜的辛劳,为她的演员争取到男三的角色。

下午,她洗了把脸,抱着手机蹲坐在沙发上,给自己的艺人一个个地拨打着电话,不停地说着"对不起""抱歉"。

那些艺人倒也通情达理,并没有过多的指责。毕竟走了小鱼一个,还有其他经纪人。

小鱼说:"如果有一天,我的这些艺人上了院线,出了专辑,我肯定第一个捧场。"

之后,小鱼又找了几家影视公司,只是当时的热情已经退却,物是人非,小鱼终不愿再迈入。小鱼说:"心丢了,再多的坚持也毫无意义。"

后来,小鱼看到了书架上她的两本处女作,于是又重新提起了笔。

其中的一本小说一炮成名。这是我,甚至连小鱼自己都没有想到的,倒也真正应了那句"有意栽花花不开,无心插柳柳成荫"的古话。

后来,一些影视公司主动找上门来,想要收购小说的版权,其中便有小鱼曾经服务过的影视公司。

小鱼当初之所以离职,便是和这家公司的老总起了矛盾。可是,小鱼还是毫不犹豫地选择了自己的那家影视公司,因为那里有她放不下的人。

钱好说,前提是让她曾经带过的艺人当主角。

你看,世界就是这么千奇百怪。原本以为再也接触不到的事情,却在她放弃后,又以另一种面貌走进,而且比之前还要成功。不得不说,这很奇妙。

如今的小鱼已经成了一个金牌写手,她给很多导演写剧本,写脚本,编故事。没有人能够留住她的脚步,除了那家影视公司。准确地说,是影视公司里的那几个人。

21 天涯海角，谁在守望

在黄金森林，精灵女王凯兰崔尔说，再卑微的人，也有改变世界的可能。

生活中也有很多人，没有华丽的言辞，却以行动诠释着自己的梦想，默默改变着。

很多人终其一生都在辗转反侧，想要寻找那颗北极星。不过，他们要找的是星空，看星空的人却有很多，天涯海角，不是只有一个观望者。

我很喜欢乘坐火车旅行，即使是在接受出差任务，去往西部的时候。

我曾跟随在城市工作的大姨，生活过很长时间。大姨和姨父在铁路上工作，所以我那个时候的记忆，很多影像都与铁路有关。

火车车厢是个非常特别的场所，不管是贫富、男女、老少，也不分胖瘦、高矮、南北，一条铁路线连接了几乎所有能去的地方。

在几十分钟至三两个小时、甚至是更长的时间里，你可以选择与相对、相邻而坐的人谈天说地，说古论今，也可以选择静默、小憩、读书、看窗外的风景，什么都可以做，什么都可以想，此刻的自由是你自己的。

一次，在出差回来的路上，我的对面坐了一个阳光但稍显疲倦的小伙儿，穿着一身的户外行头，像是刚刚经历了一次长途的旅行。

待得久了，也就慢慢攀谈起来。小伙儿虽显疲惫，但谈兴很浓，说到他去过的地方，路过的风景，见过的人，发生过的故事，以及一群让他始终无法割舍的"他的孩子们"。

我很想知道，到底是群什么样的孩子，竟然让他这个生在东部沿海城市的小伙儿，如此挂念。他这般年纪的人，应该是朝九晚五，与恋人花前月下的好时光，不该是这一脸的匆忙。

太阳落山了，金黄色的余晖洒在车上，大地上，洒在一切没有被遮挡住的物体上，也透过车窗，照在人们的脸上、身上。

对坐闲聊了一个下午的我们，此刻也置身于这金黄色的余晖中，让我们俨然有了佛祖般的美丽。此刻相望无言的我们，一齐将目光转向车外，看着车窗外的一切都披上了华丽的外衣，顿时心中暖融融的。

下车换乘的时候，我们互留了联系方式，约定到他下次进山的时候，一起去山里看望那里的孩子，那群让他牵挂、让我好奇的孩子。

事情不总是按着人们期望的那样发展，就像我计划与他一起去西部这件事。

其实，人生又岂能事事顺利呢？

我们总是被很多看似无关紧要的事情牵绊着，比如工作、生活，但我们仍然需要付出努力，去做一点点改变，哪怕是

微乎其微的改变。

那次分别之后，小伙儿果然给我发了两次邮件，详细列出出行的计划等。当时，我的工作和生活，都陷入了比较混乱的状况中，每天都搞得我焦头烂额，哪有时间脱开身去想旅游的事情，所以也就非常抱歉地婉拒了。

在那之后，很久都没有接到他的电话、邮件，打电话过去又一直是忙音，心情始终是惴惴的。后来，再接到电话的时候，时间已经过去了一月有余。

电话中得知，他的家里发生了一些变故，所以有一个多月没有音信。他最近正在计划新的出行，眼见就要天寒了，他要去给山里孩子送些御寒的东西。

我终于可以释然了，牵挂这么长时间的心，终于可以放下了，不过又被马上提了起来。那群山里的孩子，是不是也在热切地牵挂着小伙儿，希望他的到来呢！

请假、准备、登车，终于在约定的时间，我赶到了西宁，然后再在那里搭车，与小伙儿一起去看望他的孩子们。

在一起走过一天多的山路之后，我们终于来到了那处处在山谷中的小学，见到了那群让他日夜牵挂的孩子们。

我们的到来，让山里的孩子们变得非常兴奋，纷纷拥在我们的身边，以他们最热切的欢迎方式，迎接我们的到来。

山村里的夜来得特别早，而且没有什么可供娱乐的项目。

周围除了兴奋的孩子们,也就再没有别的可供认识的人了。

我们燃起了一堆篝火,一个小男孩坐下拉着我,有一句无一句地问外边的世界,问山外城市的样子,甚至还说出来一些普通山里孩子不可能知道的事情。

我惊讶于他的这种表现,问他是从哪里知道的这些事情,他扬起手指了指坐在火堆对面的小伙儿,就是他告诉我的。于是我又释然。

但是,更让我感到愕然的,是这个孩子与他的年龄不太相称的表现。我问他是不是想看到山外的世界,他说想。问他是不是想现在就去,他却坚定地摇摇头,说他要努力学习,将来考到山的外面去。

看着对面的小伙儿,他正认真地听着孩子们夹杂方言的话语,他用自己的绵薄之力,向孩子们传递着希望的力量。他曾说,自己就像一只小蜗牛,慢慢地走,也总能为现状做些什么的。

人生性自私,所以命运一定会让我们牵挂些什么。

牵挂不是负累,是走累了后的唯一目的地。

22 自我设限的人生，何谈精彩

朋友圈里的她，存在的意义仿佛只是为了炫耀。

照片的很大一部分比例，她都在展示自己的老公。她的老公我见过几面，是个斯斯文文的人，甚至有些文文弱弱，但是心灵手巧，能够做非常细致、地道的菜式，而且非常乐意在厨房里忙活，做出一些让我们这些无论是大女人还是小女人都赞不绝口的佳肴来，即便是要在厨房里花费掉整个下午。

这样一个细腻的男子，宛如一尊陶瓷艺器，不得磕碰，能在他内里生长的，似乎只有无根的浮萍了。

她老公不仅厨艺超赞，还非常讲究生活的品味。他们的房子就位于一处依山傍水的地方，青山绿水，又没有什么噪音，更别提什么雾霾天了。

倒是他似乎很喜欢下雾，所以对深秋以及整个冬天，都特别迷恋。

据说，如果不是因为家族产业在北方，他是绝对不想在北方多呆一天的。尽管他可以把住所安在青山绿水之间，但只有下雾的时候，才能让他感觉到这个地方叫作"家"。

他是一家上市公司的董事长，但平时很少去公司。他说，负责打理公司的这些人，都是父亲创立和经营这家公司的好兄弟们，所以交给他们，他很放心。并且，与这些叔叔们见面的时候，虽然他顶着董事长的头衔，却依然像个没成年的孩子，不得不忍受某些叔叔们的"怪脾气"。幸好有了远程办公系统，让他可以足不出户地完成对公司的掌控和部署，省心省事。

有了这么一个优雅低调的"富二代"提供经济来源，这个朋友自然没有了为生活奔波、忙碌的苦恼，一心做她的全职太太了，随老公出入星级饭店、私人会所，尝遍几乎所有的美食，无忧无虑地过生活。

看起来清新可人的生活，却消磨掉了最本真的人烟气。

她虽然做起了全职太太，也与曾经从事的职业完全疏远，但却没有把我们这些曾经的朋友也一起疏远掉。时不时地，她还会邀请各位朋友到家里做客，但多数时候，朋友们都以各种借口推脱掉了。毕竟，昔日的关系无法抵挡金钱的隔阂，即便是旧时的好姐妹又怎样。

后来,她似乎学乖了,不到非常重要的时刻,不会再邀请朋友去家里,而是选择一般档次但环境优雅的饭馆、茶肆,形式也发生了很大的变化,通常一次聚会只邀请两三位朋友,甚至只是一个人。

这种单独受邀的情况,后来慢慢成了我独享的利益,因为在我到来的时候,一般都是需要给她排忧解难的。

所以,我经常充当她忠实的听众,听她说那些发生在她身边的家长里短的故事。她说话的时候嗲嗲的,像是没有睡醒的女孩:"哎,你知道吗?我现在感觉到好空虚啊!两个人守着那么一大所房子,周围也是一个人都没有,连个开心解

闷儿的地方也找不到……"

"还有啊,别看我吃东西的时候心满意足的样子,其实吃来吃去也会吃厌的。再说,他成天地沉浸在厨房里,琢磨学到的新菜式,都难得跟我说句话,只有在他需要的时候才会在意到我……"

虽然言辞里满是抱怨的口吻,可是脸上却明明白白地写着得意。

我问她:"那你为什么不出来工作呢?"

她依旧是那副嗲嗲的口气和样子:"我哪有擅长的东西?我的情况你又不是不知道,我是学舞蹈的,本来毕业后是会在剧团里有很好发展的。但因为跟他拍拖,然后就是结婚,你看我现在的样子,还能跳得起来吗?而且,他也不喜欢我出来做事,说怕我辛苦,还说要供养我一辈子呢!"

"那你为什么还感觉不满意呢?"我耐着心,又问下去。

"还好的啦!只是觉得总是这个样子下去,我整个人会疯掉的。你们到我家去的时候,我都不敢让你们看我的衣帽间,里边堆满了衣服啊,鞋子啊,各种配饰什么的。可是,我买得越多,就越感觉心里空虚,越是感觉空虚就越要买,现在都快装不下了,甚至有的我只在试穿的时候碰过一次,以后就再也没穿过。"

她的眉目在炫耀中磨得失了颜色,我觉得有些好笑。

她希望做别人眼中的最幸福的人，殊不知早已经变成了最可怜的人。

她把别人的目光当作幸福感的来源，这样的渴望却恰恰来自婚姻和生活的不幸福。

我开始有些同情她，因为除了炫耀，她的生活一片灰暗。

不过说来说去，我能感觉到的，就是她生活的空虚，所以才约我出来，看我有没有好办法，帮她出出主意。

我说："那你干脆开个网店吧，反正你也不缺钱，你就把你这些衣服啊，鞋子啊，配饰什么的，统统打折卖出去啊！"

其实也不用想，这个主意肯定也会被她否决的。果不其然，她嗲嗲地说道："我老公他肯定是反对我这样做的，他说不希望我再为生活工作一天！"

但我依旧不放弃，接着说道："你的网店只是用来卖你衣帽间的东西啊！卖完了，你想开就接着开，不想开了就关掉好了！这又有什么可为难的呢？"

"哎呀！这个办法肯定不行，你再帮我想想别的办法！"

当我再次想到我的这个朋友的时候，不禁哑然失笑，如此自我设限的人生，又怎么能活得精彩呢？

23 趁活着，去做一切放肆的事

现在的年纪，也还算年轻，我却时常在拒绝了朋友的邀约，独自窝在家里敷面膜，品红酒，读一本《不能承受的生命之轻》，看一部老电影时，想着自己是不是已经不那么年轻了。

记得大一的时候，寝室一个姐妹生日，和我们几个约好了去江边自助烧烤。下课后我们去超市买菜，买肉，买调料，提了好几大袋，兴冲冲地去了。一烤就是好几个小时，等回过神来，末班车已经开走了，我们又没有带够打车的钱，索性走回去。

足足走了三个小时，凌晨两点多才走回学校。几个十七八岁的女孩，疯疯癫癫，又笑又闹地走在夜色里。经过江边时，伸手不见五指，怕黑，也怕遇见坏人，我们有的攥一瓶驱蚊液，有的拿一把烧烤时用来切菜的水果刀，牵着前一人的衣角，我们心惊胆战地往前走。经过江上的大桥，我们被风吹得东倒西歪,冲着延伸向远方的江流大喊大叫。走到中途还被巡警搭话,让我们一路小心。最后遇见学校值班的保安,央求他放行,为我们的晚归保密。

少年时荒唐,是如此珍贵的回忆。

现在,谁还会陪你,你又会陪着谁在深夜又笑又闹地走上三小时呢?

几年前的我,若是想念一个人,就会立刻出发去见他。连夜坐十几个小时的火车,第二天一早精神奕奕地出现在他面前。

如今再让我做这种事,恐怕是不可能了,没有那样的心力了。现在的我若想念远方的某个人,只会放在心底,或者最多在他的朋友圈里点个赞。况且,我想我也不会再喜欢远方的谁,隔着遥远的距离患得患失了。

都是在青春的年纪里放肆,在成熟的年纪里学会权衡得失,因为都知道可以挥霍的东西越来越少。

但回忆起那些年的放肆,总是怀念得不能自已。只愿成熟的年纪来得慢一点,再慢一点,只愿自己权衡少一点,再少一点。

权衡过头,总会留下遗憾。

她那时比他高一届，他得管她叫学姐。

她很有学姐的派头，一味地宠爱着小师弟们，并不偏心谁。而他唯一的希望是她对自己好一些，再好一些。

喜欢的情愫是一点点滋生的。等他发觉过来，视线已经离不开她了。

不敢表白，觉得自己配不上她。她是系里研究生中的尖子，早早被推荐去日本留学。他觉得她迟早要走，表白也没用。再加上还有不少同级的师兄在追她，更有传言说她已经和其中一人开始交往了，他更加觉得灰心，没有胜算。

他想，只要她幸福就好，我在一旁祝福她就好。

研究生毕业，颁发学位、照毕业照之后聚餐，大家都喝了不少酒。她喝得尤其多，摇摇晃晃走不稳路，他正要伸手扶她，却见好几个师兄都抢着上前，便缩回了手。她却嚷起来，说她没喝醉，把几双手都甩开，一个趔趄靠到了他身上。

"哎呀，是你……就是你了，送我回去……"她嘴里含糊不清，说着说着却笑了。

大家都当她发酒疯，索性懒得理她。他颤颤地伸出手，搂着她的腰，负起责任来，送她回宿舍。

到了宿舍，她却一屁股坐在门口台阶上，不肯走了，一条手臂挂在他脖子上嘻嘻地笑。

"我问你,你有喜欢的人吗?"

"⋯⋯⋯⋯⋯"

"有没有?"

"嗯。"他终于点了头。

"然后呢?没在一起吗?"

"没有。"

"不告诉她你喜欢她吗?"

"嗯。"

"为什么?"她歪着头问。

"告诉她也没用。"他低下头。

她忽然松了手。

他们在那里一直坐到凌晨,她和他东拉西扯聊了很久。后来他根本就不记得当时聊了些什么,只记得她的侧脸,在路灯下很美很美。

接下来,她去日本深造,他留在国内继续读研。

时差只有一个小时,所以经常在网上遇见,遇见了,他们就会聊几句。无非是问异国生活习不习惯,研究室有什么新课题,又新来了哪个教授。

他本来以为,她离开,是没有办法的事,自己也只能接受。他本来以为,她离开之后,这份感情会慢慢变淡,直至完全消失。可他发现，他接受不了她离开，忍受不了生活里没有她，也无法抑制心里越来越强烈的想念。

导师问他要不要争取去日本读博的名额，他想都没想就答应了。

在确定下来之前，他没有告诉她这件事。

申请批下来，成绩过关，材料过关，面试过关，已是半

年多以后。他兴奋地告诉她这个消息,她隔了很久,才发过来一个笑脸,说了一句"恭喜"。

他觉得自己的兴奋被浇了冷水。但是没关系,他很快就要见到她了。

"等我过去,你要像个学姐一样,请我吃拉面,游富士山。"

她又发过来一个笑脸,说了一句"没问题"。

他翻来覆去地给自己打气——我喜欢她,她就是我一生要找的伴侣,到了日本,一定要向她告白,要告诉她我有多爱她,多想念她。

他抵达日本的那天,她果真去机场接他,带他去吃拉面,看富士山。

一年不见,她的性情不如之前豪爽,容貌却更成熟也更美了。他坐在新干线上看着远处白雪皑皑的富士山，又看看她的侧脸，觉得很幸福，很满足。

在富士山下的树海边，他终于支支吾吾地开口："学姐，我……我……"

她打断他："我并不知道你会来日本。"

"嗯，因为我之前没有告诉你。"

她叹了一口气："要是早点告诉我就好了。"

为什么呢？他觉得她的表情很悲伤。

她看着他，下了决心的表情："这是我最后一次和你单独见面了。"

他有点懵："为什么？"

她再次叹了一口气："因为我有男朋友了，再单独和男生出去，他会吃醋。"

他吃惊许久，然后沮丧地垂下头。

没有说出口的表白，再也说不出口了。

临分别时，她站在原地许久，终于下定决心似的抬起头看着他说："你还记得吗？毕业那天，我问你为什么不向喜欢的人告白，你说告白也没用，但我还抱着最后一丝希望，一直赖着你聊天，不让你走，等你说出那句话，可惜你一直没有说。现在回想起来，这句话其实也可以由我来说，可是我也没有勇气。"

他愣在那里,很久很久,悔恨像一条条虫子细细啃噬心脏,他回想起她说的话,"我并不知道你会来日本","要是早点告诉我就好了",原来是这样,如果她早点知道的话,是不是就不会交男朋友了?

他以为她会在原地等他。但这个世界上,没有任何人有义务在原地等你,即使是爱你的人。

"我一直好后悔。"她低下头,声音哽咽。

所以她下定决心,下一次,如果再爱上谁,一定会第一时间告诉他。不考虑文采,不顾及过去现在将来,不害怕被拒绝,勇敢地说出那三个字。

目送她离开后,他终于在心里对自己说:"嗯,我也是。"

去做一切放肆的事,去爱自己想爱的人,趁自己还活着,还能走很长很长的路,还能诉说很深很深的思念。

24 这温柔的时光里，有我存在

你这一生最美好的时光是什么？

我听过很多人的回答。

发小告诉我，暗恋的时光最美。

那个时候，你偷偷喜欢一个人，不敢告白，不敢出现在他面前，好比身在尘埃里，满心卑微。只有那份喜欢的心情开出花朵，香气沁人，在你长第一颗青春痘的年纪里弥漫。

而他呢，有女朋友，一点也不知道你的喜欢。单恋让人这样难过，可是后来你经历过许多次恋爱，分分合合，尝过更甜蜜的滋味，也尝过爱情里所有的残忍和痛苦，回过头来，还是觉得当初暗恋的时光最好。

那时你不求回报，所以没有计较，没有苛求。你的心意清澈如水，映照出你青春年岁里最完美的遗憾。

后来你一直珍藏着那份小心翼翼的暗恋心情，珍藏着当年那个天真纯情的自己。因为你已经永远地失去了它们。

大学时代最好的朋友觉得，你喜欢他，他也喜欢你，但你们都不知道对方心意的那段既甜蜜又酸涩的时光最美。

那个时候，你们在宿舍煲电话粥，各自抱着电话机站在走廊里，电话线拖在身后，冬日的寒夜，你们冻得瑟瑟发抖，却能开心地聊上整晚。

你心里想着，他喜欢我吗？他心里也猜测着，这个女孩子喜不喜欢我？后来你们还没来得及表白心意就天各一方，或者因为某种误会，不知不觉擦肩而过。但你会一直记得最初的时光，你那么单纯地喜欢一个人，眼底波澜起伏，面容绽放光彩，走起路来，周围的背景像少女漫画一样开着花，冒着泡泡。

后来你爱过许多人，或深或浅地路过他们的生命，但你觉得，那个始终没让你知晓心意的人，最值得怀念。因为没有结局的故事，才让人回味。

同事说，平淡相守的时光最美。

你在职场上，是高傲的、才气逼人的女强人，他在职场上，是能干的、运筹帷幄的领导者，但回到家，你们只是这座城市里最平凡的一对夫妻。

晚上,你们一起做一顿饭,他掌勺,你在一旁叮叮咚咚切菜,打下手。假日的早上,你们起床,步行三条街,去买新鲜出炉的面包当早餐。吃完早餐,就坐在阳台上听你们都喜欢的音乐,看你们都喜欢的电影。

偶尔吵架了,他夺门而出,回家时肯定会带一份你爱吃的夜宵;你哭着跑出去,回来时也一定会给他带一瓶他最爱的酒。

曾经,你被另一个男人伤得体无完肤;曾经,他为了另一个女人流过泪,但如今,你们安然平和地过日子,你们愿意永远留在这样平淡又美好的时光里,直到老去。

因为,你和他都知道,世事无常,谁也不知道这样

的时光，能够持续到哪一天。

前任男友却认为，拼搏的时光最美。

那时，你刚到一座城市，没有钱，没有立足之地，没有骄傲。但你有一群志同道合的伙伴，你们一起节衣缩食，一起谈天说地，指点江山。

后来，你们之中，有的人留下来了，成功了；有的人离开了，失败了；有的人至今还是你的死党，而另一些人和你有了利益牵扯，闹了矛盾，从此老死不相往来。

某一天，你开着车经过这座城市一处璀璨的霓虹灯，忽然想起往事，无限唏嘘。

明明你对未来还有无尽期盼，但你知道，最美的时光已经过去了。

原来，当你意识到的时候，最美的时光就已经过去了。

原来，你珍藏、怀念、珍惜某一段时光，不仅仅是因为它美好单纯，明媚炙热，还因为它转瞬即逝，终将逝去，无可挽回，也无法重现。

茉里这辈子最美好的时光，是在她抑郁症最严重的时候。

她辞去电视台主播的工作，整天窝在家里，什么也不做，什么也不想做，病症发作的时候，就连起身去洗个澡，也要耗尽心力。

那时她有一个交往了一年的男友。男友工作忙,但也常常挤出时间来看茉里,给她做饭吃,帮她做家务,开车带她出去玩,去参加各种艺术展电影节。

茉里并不领情,有时甚至嫌他烦。抑郁症发作时,她连自己的情绪都照顾不好,当然更无余力去顾及别人,所以多数时候,她宁愿一个人呆着。

那天,是茉里二十八岁生日。男友早早说好带她出去吃西餐,茉里没有拒绝。但到了当天,她磨磨蹭蹭,就是不愿意出门。梳洗,化妆,挑一件合适的衣服,这些平日里轻轻松松就能完成的事情,突然变得无比艰难。

男友开车来接她,她连门都不愿意开。好不容易在男友的劝说下,换上外出的衣服,坐上车,茉里已是满心烦躁。

恋爱,生日,约会,吃饭,全都是无聊的事。她坐在副驾驶座上,眼睛看向窗外,一言不发,一心只想回家。

就在茉里快要在沉默中睡着时,男友忽然停了车。茉里睁开眼睛,外面是郊外的公路,周围并没有什么西餐厅。

男友一句话也没说,只是安静地把车停在那里,过了几分钟,他重新发动了车子。茉里不知道他在做什么,但也懒得开口问他。随他去好了,随便怎样都好,只要这一切快点结束。

就这样，一路上他走走停停，终于在天黑之前，抵达了那家露天餐厅。

花好几个小时开车去吃一顿饭，茉里实在无法理解做这种麻烦事的浪漫心情。

她一点胃口也没有，但还是逼自己吃一口蔬菜，一口牛排，喝一口红酒，机械地吞咽。怎么办呢，他做了这么多事，可是她一点也不开心。她不敢开口说话，也没办法假装快乐。她几乎可以想象接下来将要发生的事：她指责他自私自利，他怪她不懂得领情，然后他们大吵一架，就此结束这段令她心力交瘁的恋情。

茉里坐在那里，想象着这一切，心里满是绝望。

然后，下雪了。

真的是雪，细小的雪花从天空飘落，落在沙拉和红酒里，落在他们两个人肩上，头上。茉里惊呼了一声，还没到下雪的季节呢。

男友像松了一口气，终于露出笑容。他说，听天气预报说晚上七点这一带会下雪，他特意订了这里的露天餐厅。一路上，他很怕赶不上，又怕到得太早，一直在计算时间，直到刚才，都一直在担心会不会下雪……

茉里愣住了，原来是这样。他花了那么多心思，只是为了让她看一场下错了季节的雪。

男友伸出手，能跟我跳支舞吗？

那天，他们丰拥着在漫天的雪里跳舞，一直跳到再也跳不动为止。

冰冷的雪，好像有温度，一点点融化了茉里心里的坚冰。那个夜晚，茉里终于开始相信，一切都会好起来的。

后来，很多年过去，茉里的抑郁症早已痊愈，而当年的男友，也早已成了另一个女孩的丈夫。但她一直记得那场不合季节的雪，像一个奇迹，纷纷扬扬地下在她二十八岁的记忆里，那么温柔，那么美。

25 荆棘满布，也要义无反顾

那真是她一生最艰难的时期。

她一手打造的时尚品牌，因为门店扩展速度太快，资金周转遇到问题，又遭遇合伙人反目，最终只好早早卖掉收场。

她那时怀着三个月的身孕，心力交瘁之下流了产。

而她结婚五年的丈夫，在这时爱上了另一个女人，离她而去。

她的父亲，在这段时间检查出晚期癌症，她拿出全部积蓄，把他送进最好的医院，但父亲只熬过第一次化疗，没多久就去世了。

母亲伤心过度，一味地哭。她没有兄弟，只能自己咬着牙，拖着刚流过产的身体为父亲的葬礼奔波，来不及悲伤，也来不及软弱。

等到葬礼结束，她才终于感觉到铺天盖地的痛苦和绝望，她不明白自己的人生怎么就走到了今天这一步。此前，她在国际上拿了设计奖，一手创立了一个风靡一时的品牌。她还有一位出色而温柔的丈夫，恋爱七年，结婚五年，幸福得以为一定可以白头偕老。而父母也还不老，她觉得自己还有足够的时间和能力孝顺他们。

谁知道，这耀眼而美满的一切，坍塌起来只需要一瞬。

想死的心情时刻缠着她，有时开车，她会想随便撞上哪辆车，来个干脆利落的结束。也很想大病一场，最好病得再也不会醒过来，幸好还得照顾母亲。

她把母亲接到身边，卖了老家的房子，开了一家小小的设计师工作室，重新开始。起初只有她一个员工，靠着以前的人脉，勤勤恳恳，从小活开始接，做出一个又一个出色的设计，慢慢打开市场。她不信命，她到底是拿过国际大奖的人，不擅长开拓品牌做大生意，至少干回本行没问题。

逐渐地，她招到了第一个员工，第二个员工……工作室规模大了些，开始有能力接到一些大单。

终于她有机会参加一个体育赛事的设计项目，这是个大项目，不仅收入颇丰，而且能够赚来好名声，她很想拿下。她带着几个设计师夜以继日地赶稿，最终靠实力拿下了那次竞标。拿过国际设计大奖，见过许多世面的她，在那一刻居然有点控制不住情绪。回到工作室，她买了香槟和大家一起庆贺，举起杯，她没说场面话，只说这个项目的款项收到后立刻就给大家发奖金,并且附加出国旅行的福利。

所有人都欢呼起来,说,你不一定是最棒的设计师,但绝对是最棒的老板。她一口酒喝进嘴里,眼中却落了泪。

眼泪掉下来,就再也止不住。她坐下来,起初双手掩面,后来索性像个孩子一样,嚎啕大哭。

自从事业失败,流产,离婚,父亲去世以来,她还没有

认认真真哭过一场。并不是不心疼自己,并不是不痛苦,只是不知不觉就撑过来了。但那天,因为同事的一句话,她想起自己的悲惨遭遇,想起自己一直以来强撑的坚强,终于哭得不能自已。

前路依然未知,她的工作室仍然很小,随时可能被竞争对手挤垮;她的母亲年纪越来越大,身体越来越不好,能够与她相伴的时间越来越少;她还没有重新找到爱情,还没有得到再一次拥有家庭和孩子的机会……

失去的一切无可挽回,她再也不可能回到从前,甚至,她的未来也不一定能够比现在更好。但她知道自己不会停下来。哪怕前路荆棘满布,也会继续走。

乔乔在如愿以偿得到出道以来的第一个奖——最佳新人奖的那一天,在领奖台上哭了。

从小没有爸爸,和妈妈相依为命,单亲家庭,家境又不宽裕,乔乔很自卑,自卑得都不敢打扮自己,留着学生头,穿着学生服,就这样清汤寡水地度过了青葱岁月。

自卑的人容易招来欺负。那个时候,学校里有几个不良少女,总为难她。放学路上常常堵着她要零花钱,差遣她恶作剧,害她被人骂。乔乔每天去上学,都心惊胆战,走在路上,每一步迈出去,都想收回来。很想逃跑,想翘课,但她想到妈妈供她上学的辛苦，硬是逼自己天天去学校。

每天，就在努力学习和应对不良少女的纠缠中度过。来不及去思考自己的处境，只知道她要拼命念书，不能辜负妈妈的辛苦。

高中毕业，她考上了一所不错的大学，妈妈却在她入学之前一病不起。医生告诉她，这种病很难根治，需要长期的吃药，恐怕以后你妈妈都不能再工作了。

她以为是因为她们付不起医药费，医生不给治，疯了一样给医生叩头，说我以后会挣钱还给你们的，求你们救救我妈妈。额头磕出血，把好几个医生护士招哭了。

妈妈辞了职，在家养病，她床前床后伺候着，直到妈妈能够下床活动。

晚了两个月入学，她申请了助学贷款，自己的生活费，妈妈的生活费，药费，全都靠自己努力去挣。几乎什么兼职都做过，家教，发传单，去超市做促销，因为身材不错，长得好看，她还兼职做过会场的礼仪小姐。后来她发现这一类兼职挣得比较多，就有意往这方面留心。

一次，她偶然得到一份平面模特的拍摄工作。那是一家时尚杂志社策划的一个关于女大学生的专题，需要一些大学生模特，她是其中之一。拍出来效果很不错，从那以后，这类工作越来越多，乔乔逐渐接触到时尚圈、影视圈，也终于意识到自己有当明星的条件。她当时唯一的想法是，当明星挣得多，等她有钱了，就能让妈妈得到更好的治疗。

娱乐圈的潜规则她遇到过，试镜几十次，一次也没成功的经历也有过，不适合当明星这种话，不知道听人讲过多少次，但她想到妈妈，咬牙挺了过来。

她倔强到近乎顽固地努力着，去试镜一支广告，梦里都在念台词。

她终于拍了第一支广告，演了第一部电视剧，尽管只是配角，她也逐渐有了名气，有了粉丝。

如今，她拿到最佳新人奖，手中有了下一部片约，活动、节目、采访，日程排得很满。她为妈妈请了专门的护理师，幸好妈妈的病情也没有再恶化。

以后再怎样，那是以后的事了。

至少，她哭着回望这么多年的辛苦时，觉得真的没有白费。

或早或晚，人生最艰难的时刻总会到来。也许童年灰暗，也许青春疼痛，也许顺风顺水时突然跌入低谷。再顺遂的人生，亲人也总有一天会离世，事业总要遇到挫折，最爱的人也不一定能白头偕老。

所以《这个杀手不太冷》中那个被父母虐待的小女孩玛

蒂尔德问杀手莱昂"人生总是这么痛苦的吗?还是只有童年痛苦"时,莱昂回答她:"总是这么痛苦。"

很悲哀的结论,却很真实。

糟糕的时候过去了,更糟糕的时候也许还会到来。但人心的坚强,也永远超乎你自己的想象。

有时,你可能脆弱得一句话就泪流满面,有时,也发现自己咬着牙走了很长的路,等你回过头去看,自己都会被自己感动。

愿你终有一日会被现在的自己感动。

26 让阳光照进灰暗现实

他那年刚满十九岁,每天凌晨三点起床,骑自行车去送早报。

夏日繁星点点的夜空下,冬日呵气成冰的空气里,瓢泼大雨的凌晨时分,从来不曾有一天间断。

就算发着烧,他也会挣扎着爬起来,摇摇晃晃去送报。有一次,他在街道拐角处摔了一跤,幸好是凌晨,过往车辆不多。他就那样瘫在地上,等缓过劲儿来,就重新爬起来,扶起那辆不属于他的送报自行车。

这样的日子,他也没有太多不适应。反正自从父母早逝,被家境并不宽裕的伯父收养后,他就过惯了苦日子。考上大学后,伯父无力供他全部学费,他只好自己供自己上大学。也因此,他没办法和同学一样,喝酒,交女朋友,结伴去旅行,或者闲来无事才去打个工。他必须从早到晚,打三份工,才能勉强养活自己。

晚上的打工，到夜里十点才结束，而早上这份工，凌晨三点就得起床。忙完之后，就该去上课了，不上课的日子就接着去花店打下一份工。他每天忙得连轴转，根本没时间交朋友，也没时间打理自己。

科比说，他知道洛杉矶每天凌晨四点的样子。他在新闻里看到这句话，第一反应是自嘲。我知道这个城市每天凌晨三点的样子，那又怎样呢？人生仍然灰暗得看不到一点希望。

送完报纸，他习惯去街角一家营业到早上的小店吃早餐。自己带的吐司片，麻烦老板做成三明治。老板每次端出来的，都是细心切成小块而且赠送了鸡蛋的三明治。他低着头吃，不多说话，是一副畏缩惯了、自卑惯了的神情。

第一次遇见那个漂亮的女孩，也是在这家店。

女孩在五点一刻走进来，和老板笑着打招呼。看他在吃三明治，说她也想吃。老板很遗憾地告诉她没有了，三明治是这个男孩自带的。

他听了，犹豫着把盘子朝她那边推了推。

她很开心地笑了，拿起一个塞进嘴里，鼓着腮帮子连声赞好吃。

从那以后，女孩几乎每天都会在五点一刻走进店里，也自带吐司片，要老板帮忙做三明治，然后坐下来和他一起吃。

起初他很奇怪，怎么会有女孩子这么早来吃早餐，不管是上学还是上班,都不需要这么早起床吧?后来从老板那里得知,原来她是一个刚出道的偶像明星。

她每天很早起床,大概是为了保持身材去跑步,要不就是去练功房练声、做形体练习吧。

他想,还没什么名气,她应该也很辛苦吧。

但她每次出现,都是一脸阳光灿烂,和他有说有笑。听说他每天打三份工,还夸他努力,听他讲打工的一些趣事,就笑得前仰后合。

他爱上了她。

就像一株生长在阴暗墙角的杂草,爱上了阳光。

不是不敢表白,而是不能。他能给她什么呢?除了每天吃早餐的这一点点时间,他没有其他时间可以给她。除了请她吃几个三明治,他没有余力再付出其他。除了几句口头上的鼓励,他不能给她的明星梦提供任何帮助。

他活得自顾不暇,根本没有力气去爱。

他活在自己坚不可摧的自卑里,不敢对她好,刻意和她保持距离。却不知道她其实也爱上他了。

就像阳光爱上了一株拼命向上生长的瘦弱杂草。

一个没什么名气的偶像,当然很辛苦。但她只要一见到他,就能忘记所有辛苦。从他身上,她可以得到无穷的力量。

他的境遇明明要艰难得多啊，但他还在拼命努力，她觉得自己实在没有资格说辛苦。

他以为她要的是所有女孩子在一段关系中想要的那些，陪伴的时间，金钱，实际的帮助，至少，要一个能够带出去炫耀的男友。而自己什么也没有，配不上她，配不上爱。

却不知道她要的如此简单，唯有他这个人而已。

他自以为除了此身此心，一无所有，却不知道此身此心在她眼里已是最大的珍宝。

她觉得很奇怪，明明两个人很要好，聊起天来也很开心，但是他的态度总是不冷不热，甚至还经常对她表现出不耐烦。

难道他讨厌我吗？但是他仍然每天都去那家店吃三明治，应该是不讨厌我吧，或许他只是不善于表达？她心里想着这些，七上八下，却也不敢向他确认。

有一次，经纪人把行程弄错了，她有了一段空闲的时间。

忙碌惯了，一时之间不知道要做什么，她在路上闲晃着，忽然想起他的大学就在附近，于是决定去学校找他。

她虽然名气不大，但毕竟是在电视上露过面的人，在向人打听他的专业，在哪里上课时，她被人认出来了。周围的人一下子围了过来，要和她合影，找她要签名。她笑着一一答应。

这时，他正好从图书馆出来，看到这一幕。她抬起头，也正好看到他，于是开心地招手，叫他的名字。

围在她周围的人视线一下子都转向他，他站在那里，被她和她周围那一群人注视着，感觉浑身不自在。他皱着眉，也没敢回应她的招呼，扭头就走了。

她站在那里,手尴尬地停在半空,觉得一颗心忽然间就凉透了。

她不是盛夏的骄阳,充其量只是冬日的暖阳,当那样的阴暗和冷漠侵入心底,她也温暖不了那种巨大的寒凉。

那天以后,她再也没去过那家店。

再后来,她逐渐有了一些名气。报纸上说,因为她攀上了一位有名的制片人,受到提拔,所以星路亨通。

他一开始不信,直到报纸登出她和一个四十岁男人手牵手的照片,才信了。

他意志消沉地坐在店里。

老板说:"你要是喜欢她的话,就去向她表白。"

他一脸阴沉:"比起我这种一无所有的穷小子,当然是那种有钱有势的男人更好。"

老板第一次发了脾气,说了重话:"你要是觉得她是这种女人,那我会庆幸她没有选择你。"

像是被老板的话踩到了痛处,他觉得心一下子揪了起来。

转过头,隔壁的座位空空荡荡。他记得每次她走进来,都理所当然地坐在那里,明明店里还有其他座位。

她每天都在五点一刻走进来,是因为知道他在啊。

可是以后,她再也不会出现了。

他终于又惭愧又悔恨又伤心,坐在一盘三明治面前痛哭流涕。

一株长在阴暗墙角的杂草,要怎么去爱阳光呢?只能拼命向着阳光生长吧。可是他不仅没有拼命生长,反而甘愿停留在阴暗之处,用他的冷漠扑杀了阳光。

一缕微弱的阳光,要怎么去爱一株阴暗之处的杂草呢?只能拼命让自己更温暖吧。可是她也没有拼命,她只是在触碰到坚硬的寒冷之后,转而牵起了另一双温暖的手。

所以他和她,都只能眼睁睁失去彼此。

27 来过，活过，爱过

中学时代的班长，是个短发女生，皮肤白皙，笑容甜美，喜欢她的男生几乎能挤满半个篮球场。有一次和她一起回家，正好遇到了班上一个男生的妈妈，因为是家长委员会的代表，我们都认识。她是个气质优雅的大美人，又是个医生，穿白大褂的样子真的像天使一样。班长看着她的背影，一脸崇拜的表情。她说："长大后我想成为这样的女人，事业成功，家庭幸福，智慧，优雅，美丽。"

那时的我认为，至少要独自环游世界，或者成为某个行业的伟大开拓者，才算梦想。她说的梦想，未免也太小了。

后来长大了些，才知道她的梦想，多少人穷尽一生也无法抵达。

现在的她，当上了医生，虽然还只是实习医生，也算前途无限。她仍然保留着少女时期的甜美长相，走到哪里，都是追求者不断，却因为工作太忙，一直保持单身。她离那个

172 世界那么大，我想去看看

事业成功、家庭幸福的梦想或许还很遥远，但的确是在一步步向着理想中的自己靠近。

从小就知道要走的路，不浮夸，不空想，尽一切努力抵达，这个聪明的小女孩，终有一天会成长为智慧的女人吧。

但是，也有那种不断走在尝试的路上，才知道自己想要什么的人。

朋友认识的一个女孩，高考时填志愿，完全不知道自己要念什么专业，迷迷糊糊在班主任和父母的建议下，填了经济学专业。大学上到第三年，在她还没搞清楚专业内容的时候，家里生意破了产，欠了许多债，她只好退学，在爸爸朋友开的酒店里工作。从普通的服务生做到领班，她意外地发现自己挺适合做这份工作，但做到领班，就算做到了头。

正在苦闷时，爸爸的朋友问她要不要去学酒店管理，他可以负担学费，就当为酒店培养人才。她当然愿意去学，学了几年酒店管理，她重新回酒店上班，这次不再是当领班，而是成为管理层的一员。很快，她得到了出国的机会，去欧洲的一些著名酒店交流学习。在这期间，她接触到很多西餐相关的知识，结识了不少有名的厨师，由此开始对西餐文化产生兴趣。

回国后，她开始着手进行市场考察，募资开西餐厅。起初，因为资金原因，店面很小。但由于她在厨师的聘请上花了重金，西餐的品质和味道非常好，吸引了不少高端客人。生意越来越好之后，她没有扩张店面，而是选择在其他地方开了另一家西餐厅。

在这个过程中，她又对红酒产生了兴趣。专程跑到法国学习红酒相关知识，参观葡萄种植园。回国后，她又开始着手募资开酒庄。

到今天，她已经拥有两家西餐厅，一家酒庄，而且又开始专门去学调酒，以后想要开一家由她亲自调酒的私人酒吧。

朋友问她，你到底想要什么，想做什么。她笑说，不知道，可能我想要的就是这种不断发现新鲜事物，不断发现自己还可以做更多事情的感觉吧，因为这种感觉实在太棒了。

所有的梦想都值得珍视，生命沿途的所有风景都值得深爱。

五月天在《后青春期的诗》里唱："谁说不能让我此生唯一自传，如同诗一般。"无论是从小笃定自信，笔直地靠近目标，还是跳跃着，徘徊着，犹豫着，辗转着奔向目标，只要全情投入，那么哪一种都是人生，哪一种人生都可以成诗。

唯一的自传。独一无二的诗。

我的一位远房表姐，从小一直以成为一个好妻子和好母亲为目标。在我们这些自我意识和独立意识强得不得了的女人看来,有这种想法的她简直是被男权意识同化和奴役的典型象征。所以我们都嘲笑她,苦口婆心地告诉她,这个目标有问题。

她却不解地问:有什么问题?我是真的想要成为一个好妻子,成就某个好男人,然后养育出几个很棒的孩子。成就别人,我会很有成就感,这样不行吗?

结果证明,我们都小看了她的目标。

她并没有因为这个目标而变得安逸懒惰,也没有忙着四处留意好男人。相反,无论是学业还是工作,她一直努力保持优秀。她以全校第一的成绩考上名校,上大学期间,几乎所有课程都是A。她又以全额奖学金留学美国,拿到哥伦比亚大学学位之后,又继续攻读MSFE(金融工程硕士),最后留在那边签了一家投资银行。

开始工作的那年,她回国办一些手续。见到她时,她穿着简单的白T恤,黑色紧身长裤,搭配风衣,潇洒帅气,欧美范儿十足,和周围那些打扮花哨的女孩子对比鲜明。我们调侃她,你这副样子,分明是个干练的女强人,和好妻子好母亲的目标相差十万八千里。

她仍然不解地问:干练的女强人和好妻子好母亲不能并存吗?

当然可以并存。我脑中浮现出那些成功女性,他们家庭和睦,养育着一群孩子,仍然事业、家庭两不误,气场强大,不失分毫美丽的样子。

后来,她果然在美国结婚生子。丈夫是一位华裔美国人,曾经是她攻读 MSFE 时的助教。和她结婚后,在她的劝说下,他辞掉助教工作,开始在华尔街打拼,如今,已是一位收入颇丰的高级经理人。听说目前夫妻俩打算共同创业,开一家自己的投资公司。

在她的社交账号上,她经常发一些自己的照片,有一张她带着三个孩子逛街的照片,简直可以媲美明星街拍。

好妻子和好母亲的梦想,她真的实现了,而且实现得这样完美。

我们起初都以为她是想嫁给一个多金的好男人,从此做一个男人背后的女人,安逸地相夫教子。原来她是先让自己站到顶端,然后再找到一个好男人,成就他,彼此携手抵达更好的未来。

如果没有哥伦比亚大学硕士学位以及攻读 MSFE 的背景,她怎么可能成就她的丈夫,怎么可能和他并肩创业?而当她已足够优秀,她当然有资格仅仅满足于做一个好妻子,好母亲。

好妻子，好母亲，也需要一个更好的自己作为前提。

知乎上有人问，如果你要给自己写一句墓志铭，你会写什么？

有一个票数很高的回答是：来过，活过，爱过。这是古龙形容楚留香一生的六个字，简简单单，足够诠释每个人的一生。

但也有人这么回答：如果没什么事，我就先挂了。

幽默的回答，同样引来点赞者无数。

我更喜欢后一个答案。

人生并没有一个标准答案，一千个人，有一千种墓志铭，我们活着，或许只是为了去寻找一个属于自己的答案。

28 在世界各地迷失方向，然后找回自己

在《美食、祈祷和恋爱》中，茱莉亚·罗伯茨饰演一位《纽约时报》的人气女作家，丽兹。她漂亮性感，才华横溢，事业顺遂，家庭美满，完美的"人生赢家"。

但正是这样一个看起来比世上所有人都幸福的女人，却和帅气潇洒的律师丈夫离了婚，踏上了周游世界的旅途。

她把曾经拥有的一切统统甩在身后，孑然一身去意大利吃美食，去印度做瑜伽修行，去巴厘岛度假，一心一意感受生命，挥霍时光。她从不去想旅行回来之后，在这座曾经供养了她全部骄傲和幸福的城市里，还会不会有她的立足之地。

似乎每个人的人生都会经历这样一个阶段：事业，生活，爱情，明明一切看起来都很好，明明在所有人眼中，你都是一个幸福的人，你却觉得日子过不下去了。

就像电影中丽兹的朋友说的那样："知道吗，人人都这

样,二十几岁坠入爱河,结婚生子,三十几岁买下了房子,又突然间意识到'我不要再这样生活下去了'。然后他们意识消沉,感觉身处地狱,但最后还是要打起精神,把你的屁股抬起来坐到压抑的办公室来上班。没人能退人生的票。"

丽兹回答:"我不是要退票,我是需要改变。"

她一直在为了实现别人眼中的幸福而努力。所有人都说,有一份高薪的工作,找一个事业成功风度翩翩的男人共度此生,这样就会幸福。然后,等到她终于拥有了人人羡慕的一切,才知道这一切都是徒有其表。

有人说,不曾在深夜痛哭过的人,不足以论人生。或许正是深夜里的一场痛哭,一刹那的惊觉,让丽兹终于意识到:这不是她想要的生活。她未曾感到幸福,只感到空虚。

但她也并不知道自己想要什么,没有人告诉她该怎么做,所以她终于自己做决定。她说:"我需要改变,十五岁起,我不是在恋爱就是在分手,我从没为自己活过两个星期,只和自己相处。"

她终于背起行囊,想要找回自己。

在意大利罗马,她放任自己享受美食,意大利面,披萨,吃得毫无节制。她在城市里闲逛,交朋友,坐在废墟里静静思索人生,在街边和朋友们吃喝玩乐,高谈阔论。

自由的感觉终于开始回到身体里,心灵里。

然后，她离开意大利，去了印度，想要借用清修的方式，理清自己，在寂静中与自我对话。

但她坐在那里，却一刻也安静不下来。

当初背着行李离开美国时，她听到好友说："其实我也希望像你一样丢开一切离开。"可是，直到她盘腿坐在遥远的印

度，她才知道，原来她什么也没有丢开。过往，回忆，犯过的错误，受过的伤，留下的遗憾，自我的脆弱，全都堆积在心底，让她连触碰都不敢。

她以为去不同的地方，看不同的风景，自己就会有所改变，结果，什么都没变。她仍然是那个不能原谅自己、轻易就陷入自我厌恶，无法拯救自己的女人。

曾经在罗马，丽兹和朋友们聊到一个话题：用一个词来形容一个城市。

罗马的词是性；梵蒂冈是权力；纽约是什么词？实现；洛杉矶则是成功；瑞典的词是循规蹈矩；那不勒斯是打闹……

热热闹闹地讨论过后，朋友突然问丽兹："那么，你的词是什么？"

她愣住了，发现自己答不上来。

到了印度，她仍然没有答案。出发的时候，她决心要找回真实的自我。可是，自我究竟是什么，又藏在哪里呢？仅仅只是盘腿静坐在那里就能找到吗？

她在印度迷失了。

而丽兹也终于在印度遇到一位"导师"，他年纪比她大，经历比她多，领悟也比她深刻。起初，她觉得这个对她说教丽兹的中年男人什么都不懂，人心隔着人心，他怎么可能知道她的痛苦。

直到丽兹听他诉说痛苦的过去，才知道他们是一样的，都是受过伤的凡人，有缺陷，不完美的凡人。

所有的经历，不论好坏，都是启示；所有的相遇，不论结局悲喜，都是馈赠。

她终于可以坦然接纳那个不讨喜的真实的自己。

后来丽兹在天堂般的巴厘岛邂逅真爱。

爱情甜美而诱惑，美好又危险，让人感到沉醉，也让人感到眩晕。她在沉醉和眩晕的时候，不禁想，糟糕，好不容易找回的平衡被破坏了。

在巴厘岛的日子，她白天修行，夜晚享乐，好不容易可以在两种状态之间游刃有余地保持平衡，好不容易可以完整地保有失而复得的自我。而爱情，太危险了。她没有忘记，当初正是为了逃离爱情，她才离开自己赖以生存的一切。

她拒绝了那个男人，她觉得自己做了正确的选择，但奇怪的是，她不开心。

有时候，为了避免伤害，人们会避免开启一段关系。丽兹的逃避，也是一样。为了保有自我，保持平衡，她关闭了自己。

直到巴厘岛的智者对她说："有时候，为爱情失去平衡，是心灵平衡的一部分。"

明明曾经对自己说，毁灭是一种恩赐，今时今日的丽兹却意识不到，失衡同样是一种恩赐。

真正的重生，是从毁灭开始的；真正的道路，是在迷失之后找到的；真正的救赎，是在经受痛苦之后获得的；而真正的平衡，也是从失去平衡开始的。

当她和她爱的男人在沙滩上拥抱，脸上绽放灿烂笑容，她才终于为这场漫长的旅途划下句点。

又或许，这条寻找自己的路，并没有句点，它还会继续下去。但也没有关系，因为丽兹已经明白，一切迷失，毁灭，失衡，伤害，痛苦，都通往一条更好的路，通往更好的自己。

只要你敢迈出改变的第一步。

29 没有人能推翻一个不死的梦想

阿蒙决定去云南徒步旅行时，正是她那缤纷的摄影梦变成一场黑色噩梦的时期。

冬日阴郁的午后，她约我陪她买徒步装备。

偌大的运动超市里，她一个人兴奋地跑来跑去，跑累了，举起一双登山鞋，隔着过道冲我喊："喂，你说我会不会因为缺氧死在云南海拔 4900 米的山顶？"

我笃定地告诉她："不会。"

时至今日，我依然记得阿蒙拎着登山鞋站在那里，笑着问我"她会不会死掉"的情景。

她笑得那样明媚，但我知道，她的心情正灰暗如那年北京雾霾遍布的天空。

一个女孩子想当摄影师，她从一开始就知道，通往梦想的路有多辛苦。

成名辛苦,赚钱辛苦,体力上更是辛苦。做摄影助理时,连薪水都没有,她却常常需要亲自搬运那些沉重的摄影器材。夏天出外景,别说保养皮肤,不被晒伤就是万幸。她甚至还曾因长时间纹丝不动端着一个长焦镜头拍照得了腱鞘炎。

这哪里是女孩子该过的日子呢,但阿蒙着了魔似的爱着那个按动快门、定格世界的瞬间。

爱到不能自已,因此不计代价。

当然,她也走过弯路。

大学她念的是心理学,曾经眉飞色舞地给我讲教授的心理实验,真心以为自己更感兴趣的是人心。但她去做访谈实习时,却盯着访谈对象的脸,思考着从哪个角度拍,才能拍出完美的光影效果。

终于,等不及毕业,她向北京的摄影学校递交了报名申请。

交学费,买单反,买镜头,费用不菲。阿蒙用一股"不成功便成仁"的拼命劲儿,说服了父母,只身赴京。

等到大学毕业,她已在摄影学校学会拍片的各种技巧。从北京赶回来参加毕业典礼时,她带了摄影杂志给我看,告诉我内页刊登了她的作品,又向我炫耀隔壁摄影棚拍当红明星的杂志封面照时,她去当过摄影助理,"我也见过李宇春啦",她笑得像一个偷舔了糖果的孩子。

我从未见过她这么开心的样子,就连她那时眉飞色舞说心理学有趣时,也不曾有过如此耀眼的表情。

原来梦想真的会滋养一个人,让人由内而外绽放光芒。

毕业后,我也去了北京。

朝九晚五的生活很无聊,有时下了班无处可去,我就去摄影棚等她下课。她总是忙碌,扛三脚架,打灯,举反光板调整角度,用蹩脚的英语和外国模特交流,但无论多忙,她总是一副乐在其中的样子。

念完摄影学校,她开始在时装杂志社做摄影助理。没有薪水,付出时间,透支体力,唯一能得到的是经验——经验宝贵,由不得她不拼命。但拼命又有什么关系,手里握着"年轻"这个法宝,她觉得自己简直就像屠龙的勇士,单凭气势就可以天下无敌。

那段时间她瘦得厉害,也穷得厉害。我虽然经常找借口请她吃大餐,却并不担心她,因为她眼底的耀眼光芒让我相信,即使只以梦想为食,她也可以活下去。

过了半年,辛苦终于有了回报:摄影学校的前辈打算开工作室,邀她担任摄影师。

终于可以尽情地拍照,拍自己的作品,告诉我这个消息时,电话那头的她,开心得说话都打了结。

那天,我在大排档点了一打啤酒,和她干了一杯又一杯。我们在北京初夏的夜色里,笑着闹着,谈未来,发酒疯,直到夜空里最亮的那颗星隐入天际。

创业初期,薪水很低。"没关系,"阿蒙手一挥,"没有薪水的日子我都忍过去了,现在至少能养活自己啊。只要接到单子,日子就好过了。"

因为缺人手,前辈又在同时经营其他店面,前期工作基本都是她在做。她整日整夜地忙,焦头烂额。

三个月过去,工作室仍然没有接到单子。虽然前辈用另一家店的收入支付着摄影棚的开支,让工作室不至于倒闭,但这不温不火的状态,让阿蒙很是焦躁。

这时,前辈招到了第二个摄影师菲哥,和完全是新手的阿蒙不同,菲哥有过两年的摄影经验。虽然前辈的说法是让菲哥辅助她,但阿蒙的处境明显很不利。

很快,糟糕的事情发生了。

工作室接到的第一个单子,是某个品牌的当季服装大片。在此之前,阿蒙一直忙着为工作室拍宣传片,接到单子时,宣传片还没拍完。于是前辈让菲哥负责与客户面谈沟通,并信誓旦旦地保证片子一定由阿蒙来拍。

结局连我都能猜到:一心以摄影师为目标,辛辛苦苦把工作室搭建起来的阿蒙,到头来却失去了操手摄影的机会。前辈向她道歉,说:"要不你干脆放弃做摄影师,我把工作室交给你管,给你提成分红,怎么样?"

不知受了前辈怎样的蛊惑,也不知她是如何逼自己忘记最初的梦想,总之,阿蒙选择了妥协。

我知道她对父母那边,一直都说工作顺利,还夸口说摄影学校的学费都快赚回来了;也知道她为了攒钱买镜头,已经一年没买过新衣服,出去从来都只吃最便宜的便当。

仅以梦想为食,其实是活不下去的。

那年年末,烟火漫天的除夕夜晚,接到阿蒙打来的电话。

"喂,喂,"她在电话里大声说,"我现在在海拔4900米的山顶,你听,这是山风的声音!"

听筒里传来巨大的风声。

呼——呼——呼——

撼天动地。

"我说对了吧!阿蒙!即使到了海拔4900米的地方,你也不会死掉!"在烟火声和风声里,我冲着电话歇斯底里地喊。

她哭出了声。

"我的梦想不会死掉吧？"在高原之上，阿蒙哽咽着问我。

"不会。"我笃定地告诉她。

回到北京，她辞了职。

越来越走上正轨的工作室，越来越丰厚的分红，她放弃得干脆利落。

如今她是一位自由摄影师，同时为好几家时尚杂志和摄影室工作，刚刚得到"十佳时尚商业摄影师"的提名。

摄影杂志采访她："在这个残酷的业界，你是靠什么坚持下来的？"

她淡淡一笑："我只是放不下手中的相机罢了。"

30 未来的不可能，何必说给现在听

身边不乏二十出头就"恨嫁"的女孩。她们姿容中上，智商中上，职业前途不错，收入不差，却整天抱怨找不到合适的夫君人选。他们就连去咖啡店，坐在落地窗前吃一份精致甜点，也要发张自拍，配上文字：想找个喜欢甜点的老公。

你若夸她们聪明能干，有才华，气质优雅，品味高。她们就会苦着一张脸，这有什么用，比起这些，我更想结婚啊。

仿佛人生的终极目标就是结婚。

遥遥是"恨嫁女"大军中的一员。

这个长相可爱的女孩，笑起来时，就像日本动漫里的少女，让人萌出鼻血。

追求者当然有，但遥遥挑剔得很。

这个男人，收入不够高，不够体贴；那个男人，没有前途，缺乏品位。她把他们放在天平上，列出指标，一一衡量。

好不容易遇到一个勉强符合各项指标的男人，遥遥正准备和他好好发展一下，对方却忽然接到了公司的国外赴任令。

"要是去欧洲、美国也就罢了，或者去澳洲、新加坡、日本、韩国也行啊，居然是去非洲……"遥遥嘟着嘴向闺蜜倾诉，"非洲耶！有没有搞错啊，太说不出口了！要是我嫁给他，以后要跟着他移民非洲怎么办？我才不要……"

记得《非诚勿扰》的某一期，一位男士上台介绍自己，说自己是单亲家庭的小孩。台上一位女嘉宾当场泪崩，说自己也是单亲家庭。

就在所有人以为这两人会因为共同的遭遇而惺惺相惜走到一起时，女嘉宾止住眼泪，冷静地说了一句："所以，男方不能是单亲家庭的。"

让人跌破眼镜。

一个人坚持自己的择偶标准，这无可厚非。但爱情也好，人生也罢，若你只敢站在条条框框的限制里，若你从不曾闭上双眼去闯一回，爱一回，终归是有遗憾的吧。

丽莎去香港读书时，还是个没长开的小女孩。

女大十八变，等到她终于知道香港的铜锣湾并没有满大街的古惑仔抡着长刀砍人时，她已经长成了一个标准的东方美女。

大学时期，在她身边打转的几乎都是国外的留学生。他们说着不甚标准的港式普通话，约她去维多利亚港，扎在成堆的情侣中间吹风看夜景。

丽莎并不介意和这些异国的年轻男孩一起去玩，有时候她甚至会偷开老爸的车，深夜带他们去九龙兜风。

后来，她爱上那个冰岛的男人时，也是像这样带着他去兜风，在香港潮湿的夜风里向他大声告白的。

丽莎学的专业是电影研究，她的梦想是环游世界，然后拍很多惊天动地的电影作品。所以，那年暑假，她毫不犹豫地跟着冰岛男人去了他的国家。

在那个最接近世界尽头的地方，丽莎的爱情如火一般热烈燃烧。他们住在雷克雅未克一所公寓的顶层，每天清晨和黄昏，都会相拥着坐在窗边，倾诉爱语。

城市周围山峰雾气弥漫，天际显现紫色霞光，海水变成深蓝，日出东方，夜幕笼罩。在世界最北的首都，丽莎和她的北欧男人守着如画美景，爱得如痴如醉。

那时，丽莎的朋友都知道她的口头禅：我要嫁给他，然后，拍一部关于冰岛的电影。她似乎忘记了学业还未完成，忘记了远在香港的父母，忘记了她只有十九岁。

朋友们没有艳羡，只是冷眼旁观，然后告诉她：不可能。

结局当然是不可能。

暑假还没过完，丽莎已经和那个冰岛男人吵了三次架。第三次，是因为他做了她不爱吃的苹果派。

孤身回到香港时，所有的朋友都松了一口气。

"你看，我们早就说过了，不可能。"

"嗯。"奇怪的是，丽莎的表情里没有阴霾，她只说，"我和他的确不适合在一起。"

"是啊，以后你别再做这种傻事了……"

丽莎不觉得这是做傻事。

她说，你见过雷克雅未克的美丽吗？你曾经和深爱的人亲密无间，沉浸在最甜美的爱河中吗？

假如她计算得失，权衡利弊，用未来的不可能扼杀现在的冲动，那她什么都不会经历。不会经历失去和伤害，也不会见识最美的风景，路过最美的爱。

许多年后，她果真拍了一部以冰岛为背景的电影。小成本的独立电影，在台湾某个电影文化节参展，丽莎邀请了很多朋友，其中包括他。

多年不见，他们送给彼此一个热烈的拥抱。

没有收获想要的结果，并不是人生最值得遗憾的事。从未踏足，从未开始，从未绽放，才是遗憾。

或许，你不曾得到幸福，现实不如你的意，是因为你从不曾打开自己，不曾触碰现实的边界，不曾撬开生命的入口，去冒险，与人生更多的可能性相遇。

大学时期的朋友姗姗在毕业时，和相恋七年的男友分手。

那真是相当难堪的一段分手期。

他们吵架，反复地吵，到最后完全变成了一场互相伤害的战争。男友带着其他女孩子去约会，故意气姗姗；姗姗也不示弱，立刻和帅气的师弟去兜风夜游。

有一次，系里聚餐，姗姗心情糟糕，喝了个烂醉，男友扶着她回宿舍。她撒泼，大哭大叫，赖在地上不起来，吐得昏天黑地。

那副伤心得掏心挖肺的样子，让我几乎以为她整个人会被这段感情彻底毁了。

没想到那次之后，姗姗和男友终于和平分手。

彻底的伤心过后，便是彻底的云淡风轻。

姗姗后来出国读研，新交的男友是从小在国外生活的华裔，非常温柔的男人。

我们都以为七年的感情会成为她的牵绊，让她害怕再次开始一段感情，让她没办法再次爱上谁。

但姗姗只是平淡地走过伤害和痛苦，继续寻找幸福。

新的感情，或许仍然不会一帆风顺，或许有一天也会迎来糟糕的结局，但那并不能成为阻碍脚步的理由。

爱情也好，人生也罢，未来的不可能，何必说给现在听？

生命里多的是不可能的事，也多的是无限可能。

31 承载着旧时光，停靠在记忆深处

是谁说过这样的话：我想象夕阳成 30 度角慵懒地散射在那座城市，我们坐在昏暗的小酒馆里，任凭闲暇的时间丰富了创造力。你在说着从前，我在想着找一列绿皮火车，去我们的理想国。

确然，绿皮火车是个让人发呆、神思、做梦的空间。咣当咣当，摇摇晃晃，山野清风，村落流水，绿皮火车载着一路的安宁静谧，穿行在人间大地。它总会把旅人送到想去的那一站，总会呈现最美的风景，总会提供最舒适的精神栖息地。但马不停蹄的时代还是一点一点抛弃了它，因为它不求上进，因为它与世无争。

2014 年 7 月 1 日，在温州车站，中国铁路最后一辆跨局运行的绿皮火车在大家的留恋和注目中，缓缓驶向郑州，完成它职业生涯的最后一程。很多人在车站与 2191 次列车合影，似乎是和一个浪漫的时代告别，那里有人们丰富纷杂的记忆。

是绿皮火车给了我最初的远行印象。一张票，一只背包，一个座位，一扇窗，一路风景。小时候，我乘坐最多的火车是去外婆家的，车程不到3小时。但在自己小小的世界里，我一直把那当做远行。

起初，车票是一张硬纸板，上面似乎有凹凸小孔连成的数字，让我联想起盲文。后来的车票换成一张纸片，常常没下车就被我折成小船。绿皮火车是皮革座椅，三人或两人的长椅，没有分出独立的座位。车上没有空调，窗子可以打开。经常是找邻座的男生帮忙推开，露出一半窗户，风吹进来，全是自然的气息。

我喜欢靠在窗边吹风，风中不停奔跑的是外面变换的风景，还有里面我凌乱的头发。绕过高山河流，路过花花草草，从早晨到中午，也没有开出这个小城。

绿皮火车是热闹的。在很久之前，作为祖国大地上几乎唯一的远行交通工具，绿皮火车每天都在上演僧多粥少、摩肩接踵的"闹剧"。听比我年长一点的人回忆，有票没票都一样，都有"受到排挤"的风险；脚可能是立着的，甚至是悬空的；他们还睡过座椅下面，也睡过行李架顶上。更有人躺在两个座椅的脊背上，为防止掉下去两手一直紧紧抓着行李架。去厕所可能是个比上车还难的事情，因为要穿过人群密度极大的过道，就算一路挤到厕所，开个门缝一看，里面早已经挤了四五个人。

我也有过这种热闹的经历，也是在去外婆家的火车上。到站时，我爸是从窗子跳下车的，然后我妈把我送到窗口，我爸接着，再去协助我妈。那时火车里，人越多，大家挤得越开心，一面充分发挥自己的聪明才智，一面不忘在"患难"中与周围人相互照应。很少有横眉冷对的。

绿皮火车是漫长的，因为它照顾了沿途的每一座小站，走走停停，有人来，有人去。它的目的不是终点站，而是全过程。雾霭山岚，树林溪流，一路的风景尽收眼底。绿皮火车是宽厚包容的，都说它是轨道上"路权"最低的火车，在我看来，在空调快车、动车、高铁出现之后，它更像一个与世无争的老人，为了给所有快车让路，它常常牺牲了自己的工作效率。

绿皮火车是孤独的，旅途的耗时也拉长了乘客的百无聊赖。没有手机，没有游戏机，更没有无线网络。而人们并不爱在车里读书，大家只能把目光对着窗外，或许有值得一看的景观。但看得久了，也觉乏味。况且，大多时候是一马平川的土地，或者高楼林立的城市。到夜里灯火阑珊时，更加寂寥，思绪绵远，惆怅自来。

为了免去这些消极因素，在不拥挤的前提下，旅客最常见的消磨时光的方式就是打牌。小小的茶几成了临时牌桌，三五成群，认识的不认识的都聚在一起，有人打牌挥手高呼，有人围观暗自称快。那些不会打牌的，也开始向邻座的人招呼问候，话头一牵，家长里短、邻里乡亲就这样扯开了。于是，车厢里散布着一个个欢乐的聚点，毫无察觉地穿过外面孤独苍茫的黑夜。

绿皮火车是刺激的。早些年的火车不需要实名制购票验票，逃票并不罕见，安检的松弛也让偶尔的违禁携带成为可能。逃票也并非只为节省钱包里本就不多的票子，那不过是在寻找一种游离于规章制度之外的惊险和自由。每当乘务员穿过人群，一一查票的时候，没票的人就会钻进座位底下，或躲进厕所，玩起捉迷藏。还有那男孩子藏个小刀，女孩子带个烟花棒，都是出于喜好，不免时刻紧张警惕。冒着危险来保护自己的贪恋，也是一种可爱的执着吧。

绿皮火车是接地气的，很早以前的火车没有窗帘，阳光透过玻璃窗跳跃在旅人脸上，太强烈的时候，就会把外套挂在窗子两侧的衣钩上，成为实用简单的自制窗帘。有段时间，火车上到处是推销员，卖袜子卖手链，满嘴的保健养生，说得很多人探出头来，最后打开钱包。这恐怕也是再也不会出现的火车场景了。最熟悉那句"啤酒饮料矿泉水，花生瓜子八宝粥"，带着固定的节奏韵律，响遍车厢。公认的横批便是：腿收一下。

如今的绿皮火车，只服务在各个中小城市。所幸，去外婆家的那辆火车一直没有变化。这么多年，我还记得行到何处有神秘的山洞，何处有抗战遗留的残破炮楼，五月满山开遍映山红，腊月江面十里冰封。比起高铁的飞速和动车的舒适，绿皮火车在沉默中坚持着慢节奏、原生态。然而，在这个与时俱进的年代，它最终会离我们越来越远。

在外婆家附近还有一条废弃的铁轨，在上面不用担心玩耍入迷来不及躲避火车。碎石子依旧堆在铁轨下面，野草随意长在其中。铁轨上锈迹斑斑，都是岁月老去的印痕。我曾喜欢一步步踩在枕木上，或者就坐在那里，仿佛在沉思中能听到曾经那绿皮火车亲切的长笛声。

当最后的绿皮火车把我们送到目的地，我们分散于城市各个角落的时候，它终将转身离去。它挽留不住这个一往无前的时代，于是承载着所有旧时光独自驶向昨天，停靠在记忆深处，随时等待我们的回顾。

绿皮火车也许永远无法带我们抵达社会潮流最前端的理想国。我们的目的地究竟是什么？伟大的人类文明始终告诉我们向前看，向前生存奋斗，慌张匆忙地追赶时代脚步。

物质外衣令我们越来越舒服的时候，我们以为这就是想要的幸福。而蓦然回望，身后那依稀可辨的色彩才是被忘却已久的温暖，比如墨绿的邮筒，比如绿皮的火车。

32 走过的每段路，都在雕刻远方

有人安于城市中心充实勤勉的日子，也有人向往云淡风轻自由支配的时光。在方向的寻找中，没有徒劳的流浪，没有无益的颠簸。你走过的每段路，都在以不同方式雕刻你想要的远方。

四年了，你还是喜欢背帆布包，穿平底鞋，留短指甲，刘海一看就是自己剪的。

但你也变了。从举手投足、言语表情之间看，你应该不会像四年前那样一周哭四天了。

你从杭州飞来北京出差，约我见一面。真荣幸，这座城里你还能想到我与你分享陈年的秘密。

你走进咖啡馆，在我对面坐下，仿佛西子湖畔吹来的一阵柳风。

楼下的成府路车水马龙，正是下班高峰，公交车站上时而引颈凝望的人们神色焦灼,也不难想象朝地铁口蠕动的队列排出多少米。

抿一口咖啡,你笑着说:我也是经历过颠沛流离的人啊。嘿,你还记不记得我当年在这儿的狼狈和艰辛?

我怎么会不记得呢?

四年前,你还和我挤在一间十几平米的次卧。换了新工作之后,你每天上班往返要花四个小时。为了不凑乘车高峰的热闹,你让我每天5点半叫你起床,6点不到,就启程远征。虽然身心劳顿,仍然坚持。你安慰自己,这就是生活嘛。

有一周,你双休日都用来加班。周日晚上回来,你扑到床上,带着哭腔和我讲工作的矛盾与压力。你沉重地叹了口气,说,这周终于结束了。我诧异,刚想提醒你什么,便听到你绝望的一声:啊——明天又是周一!

瞬间,你抱住枕头放声痛哭。我只能轻轻拍着你肩膀,递来几张纸巾,心里发酸。我也不知道该如何劝你,我也不清楚世界怎么了,生活为什么要这样。

哭了半小时,安静半小时,然后你被我拉出去吃晚饭。

回来时,你忽然告诉我,下周不回来住了。

嗯?

你说工作任务太紧，路上奔波实在浪费精力。公司附近不是有短租公寓吗？你胆小，不敢一个人晚上住在公司，去几十块钱一晚的小隔间住一周也无妨。

我看着你整理背包：笔记本电脑、衣物、洗漱用品，还带了个筷子泡面盒，塞了一堆速溶咖啡。看看钱包，你又向我借了两百。等你躺下休息的时候，窗外已夜色阑珊。

第二天一早，你背起电脑，提了一堆住宿用品，笑着告别，嘴唇却闭得很紧。天色阴沉，看不到太阳。我不合时宜地想起"风萧萧兮易水寒"的悲壮和绝然。

午休的时候，你发来短信说公司相邻的公寓已经客满，你不得不去另一分店。那里要穿几条马路，转几个弯才能到，但确实比来回四小时好得多。

我记得那天夜里的滂沱大雨。

傍晚下班，你提着两包行李在公交站足足等了半小时。你看到曾经在里面哭过笑过的电影院，如今被罩上一层灰绿色纱网，像一堆荒草，钢筋在其中展露头角。

你抱紧包裹缩在车站下，看着天空开始落雨。

泥泞和拥堵陪你走过了漫长颠簸的四站地。穿过陌生的街道，行走于另一片灰绿色时，天已经暗了。你站在黑洞洞的单元楼下给我打电话，说 2.5 公里的路程你如何周折了一个半小时，带你开门看房间的员工迟迟不来。听见你在电话那头呜咽，说不知道这样做究竟为了什么。我说，明天回来吧。门口的露天垃圾堆被雨淋得七零八落，好在雨及时停了。

你住的那个房间很小，但陈列还算舒适，半张墙大的一面镜子善意地制造了宽敞的假相。参考我的劝告，你只付了一晚的房费。楼道仄仄阴暗，屋内潮湿陈旧，所有的细节都歪歪扭扭，在提醒你，这不是家。与孤独斗争，与压力斗争，然后还要与乘虚而入的苍蝇蚊子斗争。

你捏着10块钱去了楼下的小吃摊,你在店里唯一说的话是"一份热干面,打包"。老板不慌不忙地翻炒,盛盒,装袋,收钱,一脸沉默。你有点儿嫌弃这些不明亮的餐桌和看不真切的厨房,但还是接过面,好像它能安慰你的寂寞。

剩三块钱又去超市买第二天的早饭。拿起一只面包问多少钱?三块五。那个可好吃了,我每天早上都吃一个。大妈又补了一句,她显然擅长市场营销。你轻轻放下去,再问另一个,五块五。最后只买了一小盒烤馍片和一根瘦弱的鱼肉肠。

没多久,门外陆续有其他客人归来,你听得清声音,但听不懂方言,所以并未干扰你的思维运转。

正在思量工作,公寓的客服打来电话,说你的房间已经有人预定明天入住了。这说明无论续不续房,第二天出门你依旧要带上所有行李。对着天花板叹气,你觉得自己被某种不知名的东西欺骗了。

失落疲惫挡不住睡意,窗外雷雨又作,隔壁幼童嚎啕,也挡不住睡意。

醒来的时候,凌晨三点一刻。你打开电脑,工作到第四个小时,灯忽然灭了,屏幕变暗,外面也不见光明。竟然停电!这也太巧了!你把电脑调到白屏最亮,面朝镜子。慌慌张张塞了早餐,咽了几口水,收起没晾干的袜子,情绪已经来不及波动,你又全副武装上路了。

天还飘着雨,每把伞下都有张焦急的脸。鉴于昨晚的路线交通,你去了另一条路等另一班车。没想到,条条大路一般堵。中途下车,你觉得提包的带子快断了,抱着它,头顶细雨,像一个城市里的流浪儿。

终于到了公司。老板批评你工作质量太差,转弯抹角地指指点点。中午订餐,师傅忘了你的叮嘱,辣椒末堆在碗里,饭扔掉一半,你吃了一肚子火气。给男朋友打电话,因为一点儿沟通误会,把情绪全部朝他发泄出来。他说,你怎么像根刺儿一样。

好吧,你挂断电话又哭了:既然我是刺儿,为什么还有那么多事情都来戳我!

下班进地铁站,通道转弯,看到空荡的列车停在站台,门还开着。你正泛起一丝侥幸的欢喜,此时听见关门铃声紧张响起。那是你第一次冲刺上车,你才知道自己也可以身负重物健步如飞。你不知道整个过程用了几秒,风在耳边呼呼吹过的时候,你想到了马戏团钻火圈的小狗。踏上车厢的同时,车门在身后不紧不慢地收拢。你才听到站岗大妈的余音未落:别上了!声音好像从上一个时空追赶你,还是被你甩下去。

从前，对那些赶着上地铁的人，你会暗自侧目，他们让你看到了城市人的某种可怜。现在，你低下头，想到自己也成为了他们中的一员。

星星开始眨眼睛的时候，我听见你开门的声音，我试图用一个治愈的拥抱安慰你。我听见你委屈的呻吟，但你没有再哭。

后来，你离开了这座繁芜的城。你说，家乡的风中盛着别处没有的温柔，日子在云端，灵魂像风筝。

我搅动卡布奇诺的泡沫，感叹当时你那段酸辛委屈的日子。

你说，还好，我应当感激那短暂的酸辛。只有尝试了不同的生活，才知道哪种不适合自己。

所幸，在方向的寻找中，没有徒劳的流浪，没有无益的颠簸。你走过的每段路，都在以不同方式雕刻你想要的远方。

33 北方的大雪已落，那是最简单的理想

在烈日炎炎的盛夏，我常常幻想一种消暑的方法，就是闭目凝神，想象自己置身于北方的冬天——千里冰封，大雪纷扬，空气中弥散着薄荷一样的清凉味儿，天地间在寒风中呈现一片灰白的混沌。

当然，这个北方是指东北。就像广东人认为广东以北都是北方一样，东北人会认为东北以南都是南方。东北，我的故乡，才是真正的北国。可以参考萧红在《呼兰河传》开篇的叙述：严寒把大地冻裂了。故乡的冬天虽然纯粹而凛冽，因为有雪，便可以化解严寒带来的肃杀与寂寞。

雪是北国冬天必不可少的日常元素，以至于人们不会对它的存在感到意外。不像在其他地域，雪吊足了人们的胃口，让人期待许久，偶尔还没有结果。

常记得，在冬天的早晨醒来，妈妈已经在厨房烧饭，对着惺忪洗漱的我说：下雪了。我在结满霜花的窗户上，小心

地呵气，透出一点小孔，去看外面奶油蛋糕一样的院落。

　　走在上学路上，满眼白色，树们不说话，房子也不说话了，都躲在雪的被子里静静呼吸。路上有一串串脚印，我要按着这足迹小心去走。寂静中，只有四处的清雪声，是金属铲子与冰冻的地面死磕的声音。远处白色的小楼笼罩了东方的光辉，小麻雀在房子上欢乐地跳着踢踏，一阵雪末轻扬而下，飘在檐下出神的脸上。

　　雪偶尔会宠爱小读书郎们，遇到暴雪级别的天气，我们就在家里坐等老师的停课通知。如果没有通知，也会优哉游哉慢腾腾地上路，边走边玩，大雪是师生不言自明的迟到理由。

　　儿时的冬天，只感到洁白，并不觉得苍茫。雪是天然的玩具。年纪小的孩子，总会被家人裹上四五层衣服，外加围巾帽子手套，毛绒绒，软乎乎，可爱得像只圆面包。可一来到雪的世界，就忘了家人的叮嘱，堆个雪人给它戴帽子，握个雪球丢到同伴身上，或者干脆在雪地上打滚。雪灌进棉鞋

里，湿了两层袜子也不在意。直到被妈妈看到，一把拉出雪堆，拖回家里换鞋子被教育的时候，心里还偷偷想着雪的柔软，下次照玩不误。

每回翻开旧相册，你都会对着照片上雪中的自己微笑。四五岁的样子，穿着粉红色衣服，梳了两只羊角辫，爸爸把镜头调得好远，将你定格为雪地里的小麻雀。多年后，你觉得是爸爸让你提前领会了沧海一粟的意义。爸爸的那张照片是站在挂满雾凇的李树下，抬头望天空，却满脸嬉笑，好像从没烦恼。年光久远，他们曾经那么年轻，你曾经那么幼稚。

雪来时，人们喜悦；雪走时，人们还是喜悦。十月末，雨夹雪初降，寒意逼人，是自然的事；二月末冰雪日渐消融，天气转暖，也是自然的事。倘若世间所有的相遇都如此天成，该有多好。

偶尔，雪也会不期而至。有一年五月，雪花一夜之间落满樱桃树，落在青草地，落进刚刚萌芽的庄稼。说不清是欣喜还是忧伤。

我们看晴天里的积雪闪闪发光，等雪中凉风轻卷头发，看路灯下小雪花悠然飞舞，还有雪地里流泪的烛花。

多年以后，在京城阴霾弥漫的冬天，我只能遥想远方北国的寒冷和清明。告别故乡，也意味着告别了故乡一切独有的风景，包括冬雪。

北京的冬天，更多的是纠缠不清的风沙，是干涸枯燥的阳光，是连月不开的雾霾。

只有一回，北京来了一场名副其实的大雪。虽然迟到在三月，还是给人诸多惊喜。

我拿出手机，拨了一个故乡的号码："妈，北京下雪啦！"

然而，雪是故乡冬天的常住民，在北京却永远不会停留太久。在这里，雪和人是不相容的。雪会阻碍他们习惯通行的道路，阻碍他们追求日常的欲求。雪来时，人们会拿出片刻沉浸于安宁；雪散去，人们又重新活跃在世界宽阔又拥挤的大路上。

所以，那天，雪选择在清晨到来，让世界出生在一个安静的时刻。只有人们在梦中时，它才轻轻走过每一个角落。自从有了睡醒的人，清晨就要隐退了。没有人看见它，就像没人知道第一片雪。

我有一个老朋友，和我成长在东北的同一座小城。后来他们举家迁徙到天涯海角，很多年不曾回来。上个春节，我们站在中国的南北两端通话，真的是"你在南方的艳阳里大雪纷飞，我在北方的寒夜里四季如春"。

我说，你什么时候回来看看，家里下雪啦！他激动欢呼，继而又失落惆怅。他说，给我拍些照片吧，再给我讲讲雪的味道，说说那些下雪的日子。

于是就有了这篇文章。

你还记不记得当年语文课本上有篇鲁迅先生的《雪》，那时我们都喜欢结尾一段：在无边的旷野上，在凛冽的天宇下，闪闪地旋转升腾着的是雨的精魂……是的，那是孤独的雪，是死掉的雨，是雨的精魂。

那是我们第一次体会雪的孤独和清高。

你如今生活在长夏无冬水清沙白的海南，周身沐浴着碧海蓝天的阳光。如果偶尔天气酷热难耐，你就闭上双眼，回到故乡雪白的冬天吧。

34 早上五点，
是结束也是开始

有一天，我和朋友在家喝茶，一宿未睡，聊天聊到第二天清晨。说的全是曾经的往事，有些年代久远，我自己都忘了。我们却酣畅淋漓，像游完泳后躺在沙滩上晒太阳，全身的倦怠都消除了。

好难得的清晨时光，记忆中这一年以来除了那些加班到天明的日子外，好似再也没有在清晨伴着太阳升起，和城市一道苏醒的光景了。

早上五点，是通宵熬夜之人结束上一场聚会或加班，急急赶回家再睡两个小时才承认这一天过去了的时候；是大街小巷店铺开始顶着灯光开门营业，迎接新一天到来的时候。

早上五点，那是结束，也是开始。是散场，又是新的开场。

而那天清晨五点，朋友和我匆匆告别，直接去了机场。她打包了一切，回了老家，选择了另一条路径，开始了另一种人生。

再也不会有聊到天明的时光了，我们彼此心里都明了。这一别，又是多少岁月往事都将尘封。

曾经住的小区就在学校旁边，每天早上不用闹钟便能醒来。学校清晨的铃声透过窗户的空隙唤醒梦乡中的我。

随着铃声而起，洗脸刷牙吃早餐，我走出家门上班的时候，学生晨读的声音自远而近。

有一天周末清晨，我躺在床上跟同学聊天。她忽然说，我好像听到了学校举办运动会时才放的音乐。

我走到窗前，拉开窗帘，眼前穿着校服统一进入赛场的学生瞬间把我拉入另一场遥远的梦中。

那是再熟悉不过的声音，那也是再熟悉不过的场景。

以前学校运动会，开幕式是最令人期待的看点。

操场上各种各样民族服装让我们像是活在不真实的梦里，白族的服装很淡雅，清丽；蒙古族的服装色彩鲜艳，绚烂无比；朝鲜族的服装让我想起了《大长今》，还有厚重的藏袍让我对那个神秘的、天空湛蓝水又极其纯净的地方产生了无限的向往。

我拍了一张照片发给她，她在电话中感叹，好想再参加一次运动会。

谁又不想呢？

谁不想再重回青春，谁不想在四月的阳光下打打闹闹，谁不想一辈子就这样有你们红尘作伴，活得潇潇洒洒。

可大家各自的人生，早在那个离开的清晨五点转了个弯，换了不同的方向。

毕业前几天，我才刚刚从越南旅行回来。

回来后时间变得争分夺秒，已塞不下离别的伤感。

一大堆毕业的材料文件要去学校签字盖章，要参加毕业典礼，要整理打包四年的行李寄回家，要和老师同学吃一顿最后的晚餐，要一一告别那些深交的朋友。

离开的前天晚上，宿舍的舍友们一起去练

歌房唱歌，去的时候兴致昂昂，结果半夜大家都睡着了。天蒙蒙亮时回到宿舍，我们赶上了离校前的最后一顿早餐。

后来，大家还在睡梦中，就有人拖着行李离开。

谁也没有说一句再见，不是来不及说一声道别，并非那般急匆匆。我们只是假装睡着了，就以为好像不需面对离别，不需要面对四年后的散场。

后来，大家的离开都是在清晨。

只有清晨，才不那么感伤，或者说感伤的意味不浓烈。大家都在睡梦中，即使醒来，脑袋也是一片恍惚，不甚清醒，甚至借此不去深想这次离别的含义。

有的时候，脑袋混沌一点，或许会过得更开心。

时间那么短，离别那么快，但天涯却那么长。当时只道是寻常，此时蓦然回首，一片怅然。

我后来在深圳待了半年，而舍友在香港上学，一个地铁的距离，都没有时间见面。

你不得不承认，一些离别，就是彼此从各自的生活中散场，永远散场。

大家生活的轨迹，也许早已结束于离校那天的清晨。

看着窗外那些笑脸，想起我们曾一起读过的书，一起遇到过什么人，一起经历过种种开心和不开心，一起为毫不可笑的小事笑出眼泪，一起在幽黄的路灯下歪歪斜斜又健步如飞，一起躲在被窝里看小说到凌晨三四点，一起什么事都不想做，就是晃来晃去。

有些记忆，像一场虚幻的梦境，了无痕迹。

有些人生，像一场来势汹涌的海浪，退潮时，一切成空。

去年冬天，我去参加了同学的婚礼。

她是我们班第一个踏入婚姻殿堂的人，新郎也是我们同学。在校时，两个人没说过几句话。毕业后，有同学看到他们手牵手在十字路口等绿灯。再后来，就是看到他们走在婚礼的红毯上。

据说，这中间他们也闹过矛盾分手，后来又重新在一起了。曲曲折折的故事，就是说出来，怕也是我们外人不甚明了的。

最后的最后，大家只得把一切归结于缘分二字。

婚礼那天早上，我们四五点就起来，和化妆师一起帮她梳妆打扮。看到她穿上婚纱从换衣间走出来，原先那个爱韩剧爱韩星上课偷偷传纸条的女生一转眼之间就已经来到了为人妇的路口。

本来该欢喜的场合，却无由的感伤。

我们再也不会一起在食堂等半个小时的热腾腾豆浆和新

鲜鸡蛋,再也不会花十多分钟比赛看谁更能慢悠悠地剥鸡蛋壳了,再也不会一起逃课只为去校外买杯奶茶,再也不会因为记不住她喜欢的明星名字而被骂。

那个曾经失恋时在机场等到第二天清晨五点都没等到前男友回来的那次航班的女生,那个在机场哭着说我不甘心就这样从他的人生中退场的女生,现在牵着另一个人的手走入了另一片森林。

很多事情,发生得那么快,快得你来不及仔细回神想一想到底经历了什么。

走出那扇门,踏进另一扇门,才发现,散场的人生中,该笑的没有笑,该哭的没哭,该喝的酒没喝完,该做的事都没做彻底。

可是,没做的事也不甚在乎了。

那些新的事情,总会把你从往事中拉扯出来。

散场过后,又是新故事的开场,一场又一场,永不停歇。

把俩人往一处撮合。

不料,梦梦有些事总藏在心里。直到小清最后一次发起冲锋,梦梦终于说,她心里还放不下很久以前那个人。梦梦是个用情至深的女孩子,我想这话应该是真的。而对于小清来说,最无望的拒绝莫过于此。

出国前的最后一次聚首,我们每人给梦梦写了一张卡片,在那些零散的诗句里,丰沛的情绪溢满我们瘦弱的青春。那晚,我们纷纷拿出各自珍藏的佳酿。干红,白兰地,桂花酒,封缸黄酒,瞒着酒吧老板把它们一一注入杯盏。

那天读的诗就是给梦梦的卡片,一段一段,过镜头一般在梦梦眼前回荡。她终于忍不住泪水的份量,呜的一声趴在桌上。很快,一桌人哭成一片。年轻的时候,轻稻粱,重别离,每滴眼泪都有它值得洒落的土壤,却灌溉了萋萋荒草,一年一年,覆满来路。

给我们，一路去学校，能收获好多个橘子和枇杷，一整天不愁没水果吃。

赶上雨天，路上泥泞满地，想到要走那么远的泥巴路，我就特别不想上学。

有一次，也是雨天，我撑着小伞，后面保护书包不被淋湿。风一吹，我没注意到脚下的泥坑，一下子就摔倒在泥巴地中，衣服书包全都弄脏了，连脸上都没能幸免于难，简直成了个泥人。

不能脏兮兮地去学校，我只好默默走回家，边走边哭。整个路上，只有风声、雨声和哭声。

我回家换了干净的衣服，再次去学校。雨势虽小，但只要风一吹，雨被吹斜，裤子就淋湿。走到摔跤的地方时，我格外小心，一步一步挪动，刚要跨过那个泥坑，又被旁边的草绊倒。大早上，我连续摔倒了两次，在同一个地方。

当时，路上一个人都没有，眼泪流出来都没有人能看见。好想别人伸手拉我一把，环顾四周，空空如也。

我不记得那天后来还有没有再去学校。唯一记得的是那天去学校的路，格外漫长，格外艰难，似乎一光年都走不完。

那独自走路的慌张与无助，那满肚子委屈的哭泣，让我从此惧怕一个人走路。

可那时的我并不知道，人生这一段旅程，跌倒，爬起，

有些路，只能一个人走

十二岁，我上初中。那时，学校在离家有点远的小镇上。

我刚刚学会骑自行车，车技不足以在马路上骑行，爸妈担心骑车太过危险。于是，我每天都走路上学。

8点上课，我7点就要起床，从家走到学校大概要花30分钟左右，途中会穿过一片稻田，那是我的秘密花园。

有时候，很多小伙伴一起结伴而行。刚离家可能只有两三个人，途中会不断地有小伙伴加入我们的上学队伍，大家兴高采烈，说说笑笑，一路走一路玩耍，转眼就到学校。

更多的时候，是我自己一个人走着，背着沉重的书包，眼睛始终盯着学校的方向，急匆匆赶路。

晴朗的夏日，那是最好的季节。

路上有野生的栀子花开，香气素雅，淡淡飘散，我喜欢偷偷摘一两朵别在书包上。水果熟透后，常有叔叔阿姨赠送隐约听闻梦梦后来的感情经历,她嫁给了另一个留学生,却在不久前以离异告终。我想,那张图片并非完全缅怀那个如梦如花的年代,也是对曾经的错失发出一声轻轻的叹息吧。

我注意到图片下的留言,大家都在追忆那段蹉跎又峥嵘的日子,海子,诗,酒和青春。没人讨论这首诗是谁誊写给梦梦的。大家熟悉那久违的字迹,都不去碰触那个没有结局的故事。

偶然在朋友圈看到小清的一张照片,一张三口之家的全家福,看起来和大多数幸福家庭没什么差异。小清笑眯眯地挺着微胖的身躯,衬衫把啤酒肚的轮廓衬托得刚好。妻子有着传统的贤惠模样,小儿子坐在妈妈怀里,瞪着黑溜溜的小眼睛,世界对他是如此新奇。

照片下,沉积了朋友们的点赞和祝福。

酒馆快打烊了，小清才摇晃着出现在我们摇晃的视线中。我记得他红了眼睛，扶着桌角，递给梦梦一个信封。

那个信封我见过，有天在图书馆遇到小清，他正在用他那只珍视的钢笔誊抄海子的一首诗，洁净的纸上，闪光的墨迹都是悲伤。看见我，他轻轻苦笑说，给梦梦抄的。小清左手边放着一个崭新的信封，右手边是一摞画满残诗断章的草纸。

那天我们几乎都沉醉不知归路，像星星沉到云里。只剩夜风穿过头发，吹干泪水，吹起那些无处安放的日子。踏着空荡的月光路，借着诗酒的名义，我们起兴放歌。那些年热播的《还珠格格》，曾遭到我们一致讥讽，它的主题曲《当》却在那个月夜里回响得无比美好。

只记得结尾的曲目还是免不了悲情感伤，抽泣哽咽的声音再小，还是无处躲藏。我忘了大家如何在路口作别，我是被同伴拖回去直接扔在床上的。更不知道梦梦如何向大家挥手，也不知道小清如何了却一片痴心。

后来的后来，我们另外十几人也散了，纷纷走进俗世红尘，不觉间生活里烟火四起，早已拂不去满身的柴米油盐。

终于，梦梦的一张图片唤起了记忆里被搁置许久的光芒。不过，如若是纪念共有的诗酒年华，为何不拍下大家写给她的卡片呢？

继续独自走,才是常态。

后来,我在离家很远的城市上大学,冥冥之中,又开始了一个人行走的旅程。

新生入学第一年,爸妈陪着我来学校。

此后每一学期,回家或是返校,我几乎都是独自一人。一个人拖着行李箱,走向人流涌动的车站,十多个小时后,再转车到家。

有次回家,我感冒未痊愈,夜间空调太冷,导致感冒复发,全身发热,整夜高烧,一路昏睡,到站后我一个人拖着箱子,随时都会倒地。

过年返校,好几次,我是在火车上度过元宵节的,没有元宵的元宵节,也没有亲人在身边。火车行驶在苍莽大地间,窗外,城市璀璨夜景与黑暗无边无际的荒野交替,而我心中一片孤寂与苦楚。

好似一叶扁舟,漂于茫茫海面。

学校与家之间，相距 1600 多公里。

四年的时间，我频繁地行走于这 1600 多公里的路途间。

从天黑走到天亮，从十八岁走到二十多岁，从象牙塔走进社会的丛林。

我也慢慢习惯了一个人行走。

前两天，夏末的雨水不断。

下班回家，正好赶上狂风骤雨，我被困在半路上，没有躲雨的地方，没有退路，只能冒雨前行。从车站走回家，短短不过十分钟，我却走了半小时才到家，全身淋成了落汤鸡。

想一想这么多年，像这样后退无路，只能独自硬着头皮前行的时候，大概是很多的。

以前，并不是很明白人生是怎样一段孤独的旅程。

走了那么些路，经历过黑夜暴雨独行后，我才渐渐发现，大多时候都是自己一个人。

小时候，一个人走路上学；长大后，一个人走路去打拼。

人生路漫漫，都要自己一个人一步一步走完。